歌颂祖国的壮丽诗篇

歌唱美好生活的政法诗词

湖南政法诗词集锦

湖南省政法系统书画诗词研究会　编

中国文史出版社

图书在版编目（CIP）数据

湖南政法诗词集锦 / 湖南省政法系统书画诗词研究会编 . --
北京 ：中国文史出版社，2024.3
ISBN 978-7-5205-4640-9

Ⅰ．①湖… Ⅱ．①湖… Ⅲ．①诗词－作品集－中国－
当代 Ⅳ．① I227

中国国家版本馆 CIP 数据核字（2024）第 066626 号

责任编辑：李晓薇

出版发行：中国文史出版社

社　　址：北京市海淀区西八里庄路69号　　邮编：100142
电　　话：010 – 81136606　81136602　81136603（发行部）
传　　真：010 – 81136655
印　　装：湖南省越来越好印务有限公司
经　　销：全国新华书店
开　　本：889mm×1194mm　1/16
印　　张：26.5
字　　数：311千字
版　　次：2024年5月第1版
印　　次：2024年5月第1次印刷
定　　价：860.00元

《湖南政法诗词集锦》编委会

顾问

唐之享　　张树海　　康为民

编委会主任

胡红湘

编委会副主任

刘庆富

编委会成员

彭对喜　杨建杰　徐哲劲　李伏海　刘昌松　陈　岭　董文华　杨　能
江　涛　魏　威　李文勇　刘命清　陈海波　饶力明　唐立风　贺　曦
邓华如

执委会主任

陈　岭

执委会副主任

周加良　江世炎

执委会成员

谭新民　周习文　谭应林　孙建立　罗先礼　赵凯航　夏　锐　胡　平
余占军　吴　林　郭　林　罗　楠　李　专　陈　伟　李熠知　王碧波
谭志鸿　蒋向军　谭中华　苏春陵　彭庆刚　李紫薇　申　心　向　阳
欧阳君丽　周定辉　刘正权　阳君衡　沈卫文　吴华有　杨友明

信仰如山　诗词如歌

　　文化是国家和民族之魂，是中华民族千百年的底色。文化兴则民智，文化盛则国强，只有文化的不断发展和赓续弘扬才能筑牢中华儿女的雄厚底气，才能实现中华民族的伟大复兴。习近平总书记指出："要坚持社会主义先进文化前进方向，用社会主义核心价值观凝聚共识、汇聚力量，用优秀文化产品振奋人心、鼓舞士气，用中华优秀传统文化为人民提供丰润的道德滋养，提高精神文明建设水平。"①挥毫当得江山助，不到潇湘岂有诗。湖南本就是湘楚文化的发端，千百年来文人骚客集结于此，吟诗作赋、对酒当歌，特别是星辰璀璨的首府长沙，可以称得上诗的热土、词的滥觞。

　　"看万山红遍，层林尽染；漫江碧透，百舸争流。"毛泽东笔下的橘子洲历经百年而矢志弥坚，将红色基因代代相传。"昔闻洞庭水，今上岳阳楼。吴楚东南坼，乾坤日夜浮"。"衔远山，吞长江，浩浩汤汤，横无际涯……"杜甫的《登岳阳楼》、范仲淹的《岳阳楼记》，寥寥数字倾泻出八百里洞庭湖的旖旎风光和祖国河山的妩媚多娇。"忽闻桃花林，夹岸数百步，中无杂树，芳草鲜美，落英缤纷。"这是陶渊明笔下的世外桃源，让身在繁华和嘈杂中的我们瞬时穿越到从未窥见的天然妙境，感受着阡陌交通、鸡犬相闻的静谧祥和，其实它并不远，行几百里便可到达——陶翁笔下世人向往的大美武陵。"郴江幸自绕郴山，为谁流下潇湘去。"可知历史上有多少人在此驻足怀古，但今日之湖南已腾飞启航，成为天下人才的集散地、干事创业的大舞台。"叉鱼春岸阔，此兴在中宵。"点灯划船、叉鱼追月的夜景让人流连。"画图曾识零陵郡，今日方知画不如。""潭

---

① 习近平：《论把握新发展阶段、贯彻新发展理念、构建新发展格局》，中央文献出版社 2021 年版，第 87 页。

中鱼可百许头，皆若空游无所依，日光下澈，影布石上。"柳宗元寄情山水，诗兴盎然，被贬的不得意却成就了千年流传的《永州八记》。诗词美若弦月，照亮了如染浓墨的夜空，凸显着永州的瑰丽和厚重。"寒雨连江夜入吴，平明送客楚山孤。洛阳亲友如相问，一片冰心在玉壶。"王昌龄下笔有神，咏诗明志，不着痕迹地书写山河的清澈如一、光明磊落。诗词浸润着湖南，湖南孕育着诗词，诗词里的湖南风景如画，新时代的湖湘竞逐风流。

诗词是文化之琼浆，民族之瑰宝。一个美好时代的格调定然要由诗词表达，也必然要靠人在背后默默守护这份美好以及诗和远方。在潇湘大地，就有这样一群人，他们不为称颂不为名，平日里单衣素衫，面对魑魅无所畏惧，一身正气惩恶扬善，只为河清海晏。闲暇之余，他们弹高山流水，吟阳春白雪，寻诗觅词，遣词造句，快意十足。这群人，心中有民、心中有歌，拥有一个共同的名字——湖南政法诗人。他们既是社会安定的守护者，又是优秀文化的代言人，更是文化传承的接棒人。他们以诗言志、以诗抒怀、以诗寄情，充分反映了湖南政法系统在履行职责使命中的新气象、新风貌、新精神，有力诠释了湖南政法文化的深刻内涵。

政法诗词作为政法人文化寄托中最重要的一个篇章，是推动政法事业发展的重要力量源泉，为中国特色社会主义先进文化发展贡献力量。通过政法诗词的倡导推行，奏响政法系统的主旋律、谱写政法同人的正能量，是政法系统文化建设的题中之义和务实之举，对于切实增强政法队伍锐意进取的动力、祛病强身的抗体和慎终追远的定力，全面提高保安全、护稳定、促发展的能力和水平，推动我省政法各方面工作不断取得新的成就，具有广泛而深远的意义。正是在这一崇高使命的感召和共同爱好的聚拢下，省政法系统书画诗词研究会诗词分会应势成立。

2002—2023 年，诗词分会举年会之盛事，酬诗词之雅韵，悉心收录历届大展大赛获奖作品后编撰了这本诗词集。这本湖南政法诗词集锦录入的是政法诗词大展赛第 18—32 届 401 首诗词楹联作品，共分为七个篇章：一是"我把颂歌献给党"，诗词作品尽显忠诚底色；二是"此生无悔入华夏"，一笔一画彰显家国情怀；三是"赤胆忠心知谁是"，笔画铿锵勾勒政法之光；四是"殚精竭虑为苍生"，字字珠玑尽显人民情怀；五是"驱倭御侮总同仇"，句句千钧警醒勿忘历史；六是"多难众志必兴邦"，以诗为歌礼赞不屈脊梁；七是"言志抒情总相宜"，激情澎湃描绘多彩生活。细品这些作品，我省政法干警忠诚担当、向善向上的精神风貌和艺术情操跃然纸上，动人心弦，催人奋进。这本诗词年鉴主题鲜明、题材广泛、寓意深刻、风格多样，能呈现给大家的也许仅仅是政法文化建设的冰山一角，沧海一粟，但这一点却足以让各位读者心中的诗词之树扎根生芽、茁壮成长，也必将对新时代湖南政法文化建设产生积极影响。

唯愿此集能够激励全省政法系统各位同人踔厉奋发、笃行不怠，大力弘扬对党忠诚、服务人民、执法公正、纪律严明的训词精神，争做信念坚定、心中有民、有情有义、情趣高尚的先行者、引领者，为建设更高水平的平安湖南、法治湖南贡献全部力量，为推进中国式现代化新湖南建设提供坚强的法治和文化保障，在全面贯彻落实党的二十大精神、将"三高四新"美好蓝图变为现实中闪耀湖南的政法之光。

目录

歌颂党

歌颂祖国

歌颂政法队伍

赤胆忠心知谁是　　　　　　　　　　105

歌颂政法工作

歌颂抗日·抗美援朝

咏怀

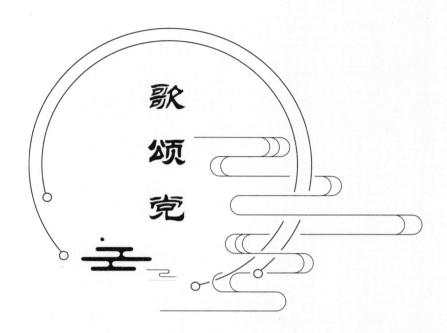

歌颂党

我把颂歌献给党

以诗言志，以诗抒情，千古传颂的佳作背后都有或喜或悲的故事。"为赋新词强说愁"毕竟站不住脚，只有真实的情感，才会有感而发，留下灼灼不朽的词句。

《湖南政法诗词集锦》"歌颂党"篇共计有新、旧体诗歌 79 首。党像阳光一样，让人感受到温暖、明亮，那么，怎么让空泛的意象化成可描可绘、可歌可颂、实实在在的具象呢？读者阅读此篇章，就会了解这些诗作者如何用那一双双独具特色、个性、诗情的慧眼，找准切口，释放或如大江东去波涛汹涌，或如溪水淙淙一路欢歌的激情，并将这份激情变成笔底充满灵气的词句，诠释对党清澈的爱。袁枚在《随园诗话》中曾这样论述："练字不如练句，练句不如练篇，练篇不如练意，练意不如练格。""歌颂党"这个篇章的诗人们深谙个中之味，只能意会不可言传的"格"在 79 首诗歌中都有淋漓尽致的体现。

笔者通读诗篇的感觉可用"遥知不是雪，为有暗香来"来形容。一篇篇、一首首或长或短的诗、词在仔细阅读后不仅让人余香满口，更是暗香绕身。笔者深信，爱诗、懂诗的读者阅读后不光享受了一次文化大餐，更会让精神得到真正的洗礼。这些诗人都不是靠诗吃"饭"、仗诗出名的"专业户"。他们，或是冲锋在政法一线铁骨铮铮的汉子，或是处理政法业务的女豪杰、打理家务的贤内助。只是因为他们心中有梦，所以眼底有爱。在爱中精心捡拾有温度的事物，在生活的碎片里用心淘选幸福的基因。这，也让他们如诗所言："苔米花虽小，也学牡丹开。"笔者以为，"歌颂党"篇章在大家的呵护下必将生长成诗苑中那株人见人爱的奇葩。

满江红·庆祝我党华诞

湖南省委政法委　彭对喜

（三十届　特邀作品）

　　煌煌大党，出无数英雄献身。巍巍然，感天动地，终赢民心。南湖红船启航程，北国高原聚铁军。灭倭寇蒋匪驱列强，建奇勋。

　　开新元，启民智，扬民主，重民生。一百年过去，朗朗乾坤。自力更生众志旺，改革开放国运兴。乘长风高歌永向前，脚不停。

七律·建党百年庆

湖南省委政法委　陈岭

（三十届　特邀作品）

乐鼓吹歌劲舞翩，烟花闹满那云边。

二十八载峥嵘日，七十二年绚丽篇。

马列千辛华夏地，人民万岁应江天。

而今再起中国梦，宇漫飞舟是我船。

七律·颂

湖南省高级人民法院　刘基剑

（三十一届　特邀作品）

五言七绝歌盛世，斗酒吟诗泼墨章。

红舫导航星火旺，铁骑征战赤旗扬。

建党立国固疆土，排难除障耀华堂。

神夏江山千载史，中原一统永宁康。

我心中的党旗

——纪念中国共产党建党九十周年

湖南省国家安全厅　胡元珍

（二十届　一等奖）

啊　党旗

九十年的风雨历程

给社会　创造了一个新的传奇

九十年的阴晴交替

指引着　一个强大中国的崛起

我想把你融入歌里

但普普通通的一支歌

又怎能表达一名国安干警对你的赞美

我想把你带入画中

但简简单单的一幅画

又怎能表达一名国安干警对你的感激

我想把你写入诗内

但诗句的意境与情趣

又怎能表达一名国安干警对你的忠诚

是你　拨开中国历史天空中的乌云

还我们一个和平优美的环境

是你　坚持改革开放

让十三亿人民的生活日新月异

党旗啊　就让我打一个感情的结

楹联·庆祝中国共产党成立九十周年

长沙市宁乡县公安局　王元生

（二十届　一等奖）

纵情歌砥柱，毋忘近百年披荆斩棘，革故鼎新，乘万里春风，蒸蒸旭日腾东海；

立志振中华，更喜十三亿吐气扬眉，承前启后，灿一轮明月，耿耿葵心向北辰。

七律·庆祝中国共产党成立九十周年

衡阳市衡东县人民检察院　李冬林

（二十届　一等奖）

南湖七月雾迷天，一棹航灯共昔贤。

风雨飘摇辉九域，山河破碎落双肩。

几番大漠黄沙暗，万里长征赤帜鲜。

玉宇澄清花木秀，秋来烂漫更娇艳。

七律·纪念毛泽东诞辰一百二十周年

岳阳市临湘市人民法院　沈顺舟

（二十二届　一等奖）

甲子双轮岁月稠，韶山红日耀神州。

文韬武略全球仰，德厚功高万古留。

建国兴邦施善政，鼎新革故展鸿猷。

长征接力传薪火，花自芬芳水自流。

七律·赞新一届中央领导集体

益阳市中级人民法院　李斌章

（二十二届　一等奖）

生机蓬勃似春阳，济济群贤续远航。

尽历艰辛多砥砺，几经风雨更坚强。

端庄品德人拥戴，卓越才能众赞扬。

特色旌旗高举起，舵轮紧握万民康。

七绝·党旗颂

湖南省长沙监狱　万经伟

（二十五届　一等奖）

亮剑南湖淬赤颜，三山劲卷九州鲜。

长彰本色频添彩，辉映蓝天励梦圆。

蝶恋花

——忆长征胜利八十周年

湖南省国家安全厅　陆玉平

（二十五届　一等奖）

雾黑云浓星火路，一夜清霜，染尽其间树，

八万工农心待诉，匆匆转战知何处？

血沃湘江遮不住，五岭逶迤，终究冲开去，

通道转兵定舍取，艰危险困从容度。

我入党的那一天

湖南省公安厅　李文勇

（二十五届　一等奖）

我入党的那一天

连长宣布

将我调离炊事班

一双洞庭眼反复扫描汕尾汉

你加工的油淋辣椒很好吃

但突破了连队的

伙食预算

我入党的那一天

班长陪我到猪圈

剁猪菜扫猪栏

忙碌的身影

带我站好最后一班岗

将白色围裙挂在土墙边

我入党的那一天

排长谈心在汽车修理间

当兵前你是工人

现在要你重操

锉刀锤子老虎钳

一定让躺下的废旧器材

重返前线

我入党的那一天

誓词像把火　沸我热血

誓词像盏灯　引我向前

高举的右手千斤重

无声的期待压双肩

勤俭办事带头实干

享受在后吃苦在先

共产党人的遗传基因

是我活力不竭的源泉

临江仙·建党一百周年感怀

张家界市中级人民法院　阳勇

（三十届　一等奖）

　　百年征程风雨骤，硝烟弥漫神州。红船载梦泛中流。剑挥驱虎豹，缨舞缚貔貅。

　　春雷震响霞光灿，党旗飘展城楼。新担使命解民忧。惩贪扬正气，沥血护金瓯。

回眸在建党百年之际（节选）

湖南省公安厅　罗文姣

（三十届　一等奖）

一百年前，为了民族独立，人民解放，

你毅然踏上南湖的小红船。

从此，星火燎原，南征北战，

从此，党旗引领，披荆斩棘。

你说，苦难和曲折是成功必经之路。

因此，你在火光中身经百战，百折不挠；

你说，决定战争胜利的一定是人民，

因此，飞机和坦克，败给了你的小米和步枪。

临江仙·党寿九旬感赋

湖南省司法厅　廖铁

（二十届　二等奖）

　　"七一"南湖扬赤帜，镰锤辟地开天。三中全会谱新篇。关山披锦绣，人月庆团圆。

　　党寿九旬尤激奋，豪情洋溢心田。征程跃马更挥鞭。为民酬夙愿，热血荐轩辕。

七绝·庆祝中国共产党建党九十周年

长沙市宁乡市人民检察院　吴召才

（二十届　二等奖）

峥嵘岁月忆南湖，一统乾坤伟绩殊。

照眼锤镰凝碧血，春风化雨万民舒。

七绝·庆祝中国共产党成立九十周年

湖南省公安厅　喻启祥

（二十届　二等奖）

江海扬帆九十年，丰功伟绩史无前。

先贤拔剑乾坤定，后秀联翩浪接天。

庆祝中国共产党建党九十年感怀
排律·腾飞中国龙（节选）

邵阳市隆回县人民法院　欧阳流长

（二十届　二等奖）

光辉马列播东方，建党南湖启远航。

健将会师跟领袖，精兵起义选南昌。

毛公韬略千秋颂，领袖雄才百世扬。

一党谋和赢大地，三军战斗得华疆。

坚持八载驱倭寇，奋勇三年倒蒋帮。

土地回家除旧制，农村围市建新邦。

保家卫国歼顽敌，抗美援朝战霸王。

发展两弹征虎豹，谋攻一霸镇豺狼。

仰望党旗（节选）

湖南省常德市劳教所　熊刚

（二十一届　二等奖）

我仰起头　从你的一角

望见了九十年前的那些黑夜

血泪和苦难　在沉寂中弥漫

镰刀和锤子在抗争中交汇

碰出星星之火

万千双布满青筋和老茧的手

紧紧拧在一起

发出震耳欲聋的怒吼

一声声巨雷炸响

将几千年的漫漫黑夜

砸得粉碎

你红色的臂膀揭开拂晓

波澜壮阔的历史迎风招展

入党申请书（节选）

常德市安乡县人民法院　何俊

（二十二届　二等奖）

一团羞涩的谜

蠕动在我的心口

我没敢像黄莺那样

娓娓地用歌喉

唱出一支扣人的歌

于是——

我把春天的渴求

书写在一片绿色的世界

我把夏天的炽热

点燃成一个美丽的传说

我把秋天的成熟

奉献给一块金色的田野

我把冬天的觉醒

倾注进一幅精美的图案

沁园春·纪念毛泽东同志诞生一百二十周年

湖南省岳阳监狱 康明

（二十二届 二等奖）

遥望韶峰，缅怀导师，万缕衷情。忆建军建党，胸藏壮志；驱倭驱蒋，力斩长鲸。倒海翻江，改天换地，推倒三山耀五星。勋劳著，使睡狮奋起，伟大英明。

光辉思想明灯，喜历代传人巨手擎。有成功方略，鸿文四卷；流芳传统，高格三风。继往开来，坚持改革，东亚龙腾国日兴。扬特色，看中华儿女，大展鹏程！

七律·纪念建党九十五周年抒怀

岳阳市临湘市人民法院　沈顺舟

（二十五届　二等奖）

锤镰旗展日增辉，欣喜神州春又回。

推倒三山成一统，实行两制庆双归。

倡廉反腐悬明镜，革故图新振国威。

"九五"良辰花正好，千红万紫竞芳菲。

七律·纪念中国共产党成立九十五周年

湖南省岳阳监狱　范敏

（二十五届　二等奖）

寿庆辉煌九五年，亿民击壤颂尧天。

兴农重教科研旺，入世巡天国力坚。

立党为公严纪律，为民服务守清廉。

先锋战士八千万，砥柱中流勇往前。

七绝·颂党的生日

岳阳市人民法院　徐希桃

（二十五届　三等奖）

自幼家庭苦且贫，亲娘一手抚成人。

娘的寿诞儿牢记，赤胆忠心报党恩。

楹联·欢庆建党九十五周年

岳阳市平江县公安局　朱悦斌

（二十五届　二等奖）

情切切，高举党旗难释手；

意绵绵，朗吟祖国最开心。

浪淘沙·赞朱老总

岳阳市平江县公安局　林汉凡

（二十五届　二等奖）

壮志贯长虹，跃马争锋。井冈搏斗显英雄。伏虎降龙称妙手，屡建奇功。

血染战旗红，直上云中。尽忠报国仍从容。迎得江山分外美，扁担高风。

鹧鸪天·纪念中国共产党成立九十五周年

益阳市中级人民法院　李斌章

（二十五届　二等奖）

树帜南湖九五春，长征接力不辞辛。江山已改昔时貌，奋斗迎来今日尊。

抓革故，力图新，同追美梦振乾坤。凯歌高奏民康乐，亿万黎元拱北辰。

七律·赞改革开放四十年

长沙市公安局　周峰

（二十七届　二等奖）

改革途经四十年，今朝盛势世无前。

安民济世初心守，立党为公使命牵。

捭阖纵横谋发展，拆冲樽俎力维权。

小康齐越同舟渡，圆梦还须再策鞭。

勿忘初心（节选）

湖南省新开铺强制隔离戒毒所　杨君文

（二十八届　二等奖）

生活如天空

总会有晦明阴晴

我把光明和希望藏在心里

今夜满天繁星

生活如染缸

总会光怪陆离

我把道德良知藏在心里

永葆本色纯真

鹧鸪天·歌党寿、庆华龄

岳阳市岳阳楼区人民法院　李世波

（三十届　二等奖）

　　船启南湖四海惊，锤镰高挂领航程。能圆伟梦雄篇著，勿忘初心大业成。

　　歌党寿，庆华龄。扬帆万里创峥嵘。飞旋彩笔蓝图绘，改革鲜花遍地馨。

沁园春·党庆百年

湖南省岳阳监狱　康慨

（三十届　二等奖）

　　岭翠山英，水墨丹青，九域贯虹。赞"嫦娥"探月，霞飞云涌；"蛟龙"潜海，浪濯波淙。脱困乡村，小康民族，强盛中华展大鹏。惟镰斧，令疮痍大地，锦绣苍穹。

　　欣和党庆相逢，叹尽瘁初心三代同。忆红船播火，抛头洒血；东方屹立，破茧腾龙。改革推潮，复兴激浪，筑梦衔枝精卫雄。超今古，赖中流砥柱，家国昌隆！

建党百年感怀

永州市国家安全局　周华清

（三十届　二等奖）

那一碧微澜，波浪不惊，却蕴含洪荒的伟力，

荡漾百年，荡平列强，还我河山一新。

那一湖涛声，柔软温馨，却汇聚惊天的雷霆，

激荡百年，响彻寰宇，发出中华强音。

那一抹桨影，入夜无痕，却饱含华夏的憧憬，

挥洒百年，热血填色，绘就钢铁长城。

那一面旗帜，飘逸轻灵，却凝聚民族的精魂，

飘扬百年，引航指路，担当家国使命。

那一只小船，平静安宁，却承载如磐的初心，

远航百年，开天辟地，驶向民族复兴。

惊回首，一只小船，见证建党伟大历程。

向未来，一艘巨舰，正乘风破浪，飞桨前行。

铁锤·镰刀（节选）

岳阳市律师协会　徐永红

（三十届　二等奖）

我披星戴月

耕云播雨

不为糊口

我只是不服

要砸碎

前世的因果

冬雷逸散的黄昏

我扎紧春风的篱笆

稗子的长矛

捅破父亲的憧憬

我知道只要一松手

丰年就会拂袖而去

于是我攥紧镰刀

扼住秋天的咽喉

与逝光鏖战

齐天乐·退休政法老兵参观通道转兵纪念馆

怀化市辰溪县委政法委　王传伦

（三十届　二等奖）

　　取经通道蒙烟雨，衰翁更添嘉趣。秉意虔诚，重温党史。瞻仰工农红旅，西征创举。念如海苍山，历经伤苦。炳炳丰碑，颂词犹记转兵路。

　　征途屡遭险阻。幸初心不改，除黑惩腐。翠柳千行，黄鹂百啭，是处旌旗飘舞，红猷永铸。任须发如霜，岁趋迟暮。却喜神州，九寰擎赤羽。

这十年（节选）
——喜迎党的二十大

怀化市委政法委　洪胜春

（三十一届　二等奖）

时间的分秒刻录着奔腾的记忆

从 2012 到 2022

十年，只占据了历史长河的一瞬

然而，却成就了经典和永恒

这十年，春风习习

中国梦照亮了信仰的灯塔

人民对美好生活的向往被阳光认证

两个一百年踏歌前行

这十年，和风习习

全面小康书写千年梦圆的奇迹

齐心协力不惧疫情来袭

绿水青山成为金山银山最好的诠释

入党那天（节选）

湖南业达律师事务所　冯经益
（三十一届　二等奖）

我记忆的事情纵有万千，

最难忘入党那天；

面对党旗我举起右手，

立下毕生忠贞的誓言。

给山岳一抹亮丽的色彩，

给江水一掬透心的香甜；

让南粤的木棉花更加红火，

让北国的鸽哨声更加润圆。

我曾在法庭慷慨陈词，

维护共和国法律的尊严；

我曾面对学子渴求的目光，

在三尺讲台执掌教鞭。

今天，我们拜谒烈士墓前，

重温当年的入党誓言；

铿锵的誓词荡气回肠，

还有那不变的永恒信念。

七律·谒井冈山

岳阳市平江县人民法院　彭剑波

（三十一届　二等奖）

赤县明珠耀井冈，旌旗猎猎舞斜阳。

砍头只似风吹帽，洒血当如壶溢浆。

先烈拳拳求信仰，花环灿灿献儿郎。

苍天泪下倾盆雨，爱我中华志未央。

沁园春·庆祝中国共产党成立九十周年

湖南省岳阳监狱　康明

（二十届　三等奖）

九秩春秋，皇皇党寿，举国腾欢。忆驱倭倒蒋，三山入墓；鼎新革故，四化扬帆。开发西疆，振兴东北，重整河山去旧颜。收港澳，扫百年血泪，国耻欣湔！

五年计划相衔，使内外经营俱领先。喜西供东气，南援北水，嫦娥登月，神七巡天。办奥生辉，彩添世博，"两反""双维"誉海寰。逢大庆，看万邦相贺，盛况空前。

踏莎行·建党九十周年感赋

湖南楚风律师事务所　许征鹃

（二十届　三等奖）

手握镰刀，肩挑道义，救亡堪作中流砥。弘扬马列唤工农，星星之火燎原起。

改革兴邦，和衷共济，文明古国开新纪。承前启后永图强，扶摇日上三千里。

河流之歌（节选）

湖南省国家安全厅　林森

（二十届　三等奖）

一条河

从源头开始

就蕴含着无穷的潜力

中国共产党的诞生

就像一条长河的源头

蓄势冲破千山万岭的重重阻隔

一条河

到了中游

广纳百川波澜壮阔

中国共产党的成长

团结力量凝聚民心

长河之舞尽情奔腾

誓言（节选）

郴州市公安局　曲立新

（二十届　三等奖）

九十年前的今天

一个红色生命在地球的东方诞生

从此，这个名叫"中国共产党"的精灵

便向全世界立下自己庄重的誓言

砸破封建制度

扭转华夏乾坤

这誓言，是划破长空的闪电

这誓言，是斩断黑暗的利剑

这誓言，是荡涤污浊的巨浪

这誓言，是凝聚人心的精神

因为这誓言

你摧不垮，剿不灭

令无数自恃强大者汗颜

七绝·庆祝中国共产党建党九十周年

长沙市国家安全局　任海秋

（二十届　三等奖）

社稷垂危天下哭，群医苦虑少良图。

南湖妙手轻舟渡，一剂良方国病除。

七绝·庆祝建党九十周年

湖南省公安厅交警总队高支队潭邵大队　谭宇怀

（二十届　三等奖）

多难兴邦九十年，

救民水火熄烽烟。

燎原一点星星火，

燃出神州朗朗天。

七律·七一放歌

湖南省长沙监狱　万经伟

（二十届　三等奖）

岁月峥嵘矢志求，高擎大纛战无休。

南湖启棹经千险，巨擘平澜奋五洲。

九轶殚精谋略远，全民勠力楷模稠。

和谐社会蓝图美，伟业辉煌愿定酬。

七律·颂党的十八大

长沙市宁乡市人民检察院　吴召才

（二十二届　三等奖）

群英接力续辉煌，亿万人民笑口张。

继往开来沿特色，与时俱进导新航。

小康迈步民生乐，百业腾飞国运昌。

此日炎黄同勠力，好教华夏固金汤。

水调歌头·长征

湖南省委防范办　谭石钻

（二十五届　三等奖）

雾破苏区晓，跃马挽风云。转征八万劲旅，血战湘江滨。天险乌江强渡，篱笆红旌再展，遵义净尘氛。赤水狂涛歇，明月水边临。

金沙冷，云崖暖，气如神。雪山草地翻过，谈笑说艰辛。再取雄关腊子，看我长缨在手，鼓角振三军。闪闪红星耀，浩气荡胸襟。

水调歌头·参加党风廉政建设活动感赋

岳阳市临湘市人民法院　邓曙龙

（二十五届　三等奖）

正月方初七，旧历尚新年。龙腾虎跃狮舞，节庆有余欢。便有临湘法院，治警率先垂范，集训早开班。唱响天平颂，春意满人间。

学政治，扬正气，树清廉。领导谆谆话语，如坐。紧扣"三严三实"，牢记为民宗旨，执法自如山。学教开新局，跃马再挥鞭。

这面旗

——纪念建党九十五周年

湖南省国家安全厅　刘兴文

（二十五届　三等奖）

九十五年前

一把思想的铁锤

和一弯智慧的镰刀

锻造了一面旗

中华儿女用它震荡九州的暗夜

炎黄子孙用它开启民族的征程

黎明之前

这面旗

涤荡暗浊

领导人民推翻压在头上的三座大山

人民才尝到当家做主的喜悦

峥嵘岁月

这面旗

灌注希冀

带领中国进行改革开放的伟大实践

富裕才走进千家万户

追梦路上

这面旗

扬帆掌舵

指引新时期全面深化改革的航向

中华民族伟大复兴才能梦圆

党啊，世世代代跟您走（节选）

怀化市公安局　罗运山

（二十五届　三等奖）

从南湖起航到井冈山峰，

从雪山草地到天安门挥手，

推翻了蒋家王朝，

消灭了日本倭寇。

党啊，

我的父辈迈着坚定的步伐跟您走！

从牙牙学语到中师毕业，

从全县优秀教师到全国警察特优，

得到了阳光雨露的照耀与滋润，

顶住了糖衣炮弹的威逼与利诱。

党啊，

我迈着坚定的步伐跟您走！

纪念建党九十五周年抒怀

岳阳市汨罗市人民法院　周宇

（二十五届　三等奖）

清心如莲

是一首生命的赞歌

站在淤泥的角落

长在浊水的暗河

我已怀抱淡薄

点亮清正的心窝

明德如歌

是一句忠诚的允诺

历经荒芜的丛林

穿越欲望的路口

我已安然自若

紧握修身的脉搏

老山界，我来了（节选）

湖南省长沙县人民检察院　周湘波

（二十五届　三等奖）

老山界

长征路上第一难山

我踩着红军的脚印，来了

容我与陆老先生

来一场时空对话

告诉他我看见的一切

这里已经立了纪念碑

写上了某年某月某日

红军北上抗日

我看见雷公崖的石梯

之字形的火把

从山脚连到了天上

七绝·学习习近平总书记
"七一"讲话有感

湖南省公安厅　赵厅

（二十五届　三等奖）

树帜为民万里征，初心不忘步焉停。

百年怀梦忧还乐，风雨犹听大雁声。

七律·纪念红军长征胜利
八十周年

涟源市人民检察院　胡中奇

（二十五届　三等奖）

纵穿十省不言难，堵截围追视等闲。

任尔关河横恶浪，笑他炮火比金丸。

洪流滚滚红旗暖，战马萧萧剑气寒。

铁脚一双量万里，终教白匪尽丢颜。

七绝·井冈山上的赞歌

湘西自治州中级人民法院　颜永轼

（二十五届　三等奖）

八角楼里油灯灼，伟人伏案写著作。

心中久有凌云志，星火燎原遍中国。

七律·忆长征

湖南省高级人民法院　黄兴东

（二十五届　三等奖）

追忆当年烽火天，几多先烈已长眠。

山河垂泪为民难，将士挥戈解国悬。

一路高歌传万里，两江横渡过千川。

红旗尽染英雄血，谱写神州壮志篇。

七绝·八月桂香

益阳市公安局资阳分局　郭世红

（二十六届　三等奖）

金秋八月桂飘香，霜染层岑照靓装。

回想红军星火播，井冈山上战旗扬。

在焦裕禄陵墓前（节选）

湘潭市反邪教协会　毛颖

（二十六届　三等奖）

兰考，这里，

三岁小孩知道您……

您不是位高权重，却受人尊重、喜欢。

您不是文豪，却留下不朽诗篇。

您如此平凡，如此壮丽，

您的点点滴滴，

却渗透人民心田。

这为什么啊，为什么？

死了还活在百姓心间，

都呼唤着，

焦书记放心，兰考大变！

七律·参观文家市秋收起义纪念馆

长沙市公安局　谭金虎

（二十七届　三等奖）

星火燎原九十秋，里仁学馆角声悠。

农奴锐意攻城急，霸主狰狞杀伐稠。

沃血三军寻曙色，凝神一策定鸿猷。

红旗漫卷东风劲，旭日腾空耀九州。

七律·沙港扶贫

益阳市人民检察院　刘建池

（二十七届　三等奖）

孜孜沙港巧扶贫，精准敲开致富门。

党建昭昭扬浩气，村规朗朗入民心。

路沿齐置霓虹树，虾稻同生聚宝盆。

长陌无苔如彩带，乡邻拱手谢丰恩。

长征途中

——娄山关大捷

常德市临澧县人民法院　谢建洲

（二十八届　三等奖）

从井冈山到娄山关

只是长征的短短一截

有了这样一次重走

人生已经足够

沿路的风景再美

也美不过抗争的遗迹

沿途的景点再多

也多不过红军的足迹

旅程中

我屏住呼吸

生怕异乡人的声音

惊扰沉睡的灵魂

离开时

我不敢回头

生怕苦难的回忆

决开情感的闸门

七绝·七一口占

株洲市公安局　宋伟明

（二十九届　三等奖）

九十九年风雨狂，栉风沐雨写华章。

莫愁前路风吹雨，风雨兼程更自强。

西江月·怀念毛泽东

湖南省人民检察院　饶力明

（三十届　三等奖）

梦里几回遥望，醒时依旧徜徉。

人间正道是沧桑，挥手山川激荡。

八角楼前模样，中南海里华章。

天翻地覆慨而慷，舍我润之谁唱？

七月的扉页（节选）

湖南省高级人民法院　禹爱民

（三十届　三等奖）

我们欣喜地站在七月第一缕晨曦中

睁开北斗探视全球的眼眸

轻启玉兔莅临蟾宫的丹唇

在镰刀与铁锤的旗帜下聚拢

吐出我们舌尖共同的颤音

一百年风雨兼程

一百座丰碑高耸

他们蹚过死亡的草地雪山

他们翻越百年的苦难沧桑

将一条崎岖小路踏成阳光大道

将一只雄鸡地图幻化鲲鹏翱翔

七月的扉页上

必有一种颜色在我们瞳孔中闪亮

必有一团赤诚在我们胸腔中燃烧

必有一种挺拔在我们骨骼中疯长

必有一种璀璨在我们头顶上绽放

今天

我们的旋律也必因他的笃行而磅礴

我们的舞步也必因他的引领而蹁跹

我们完全有理由确信

伟大的中国共产党

正无限青春无限激情

党徽红与检察蓝（节选）

株洲市渌口区人民检察院　唐梦菲

（三十届　三等奖）

每当我遥望夜空

犹记得雪峰山下奶奶的叮咛

我铭记父辈的嘱托

孩子，没有党就没有站立起来的湘西南

那山沟里纵横的沟壑与阡陌中金黄的稻穗

每一处都闪烁党徽的光芒

每当我眺望天山

我记得骏马奔驰，胡杨染上深秋的橙黄

可可托海的歌声飘到伊犁

我思念大疆南北买买提的灿烂笑容

姑娘，没有党就没有站立起来的维吾尔兄弟

一唱雄鸡天下白，万方奏乐有于阗

镰刀锤子的图案里，都是一颗不悔的心（组诗）

岳阳市岳阳楼区人民检察院　叶菊如

（三十届　三等奖）

将军的雕塑

这里住着六十位从前的将军

他们别后重逢，说着岳阳话

他们回忆往事，铁血寒霜

四周幽静，我抚过硝烟

和镌刻在石头上的名字——

他们的背影曾经支撑着中国

而雕塑里的乡愁，一言难尽

南泥湾

车在一片高原稻田停下

阳光里，禾苗青葱，田垄沉静

一个人走过田野，一群人

走过田野，遇上一只花篮

剪影，多么像江南——我相信

那就是我曾经赞美的江南

出延安机场所见

延安，没有先入为主的荒芜

接站的朋友说，去对面林区

转转吧，那些花果

需要和一个人相逢

一个童话，打开了遥远的记忆

此刻，我们坐在杏树下

一定另有理由，眼睛里突然蓄满泪水

一定另有理由。

在枣园

相逢的喜悦，唯恐被人撞破

巨大的树冠里，

核桃，梨，杏，和苹果，若隐若现

平分着枣园的爱——

枣树正在开花，灯盏就要点亮

再也不必纺纱织布。窑洞前

我们看幸福渠，看云

带着雄伟的孤独与洁白

党在我心中

湘西自治州保靖县人民检察院　余朝云

（三十届　三等奖）

20 岁那年，我进入检察院

传承了父母的红色基因，成为一名检察干警

当我看着那闪着光的检徽

岁月与时间给予我的，是对检察事业的执着与长情的告白

纸短情长、薪火相传

26 岁那年，当我站在鲜红的党旗下

举起右手一字一句铿锵有力地宣读入党誓词

我成为一名共产党员

当我接过党徽，并郑重地把你戴在胸口的左上方最靠近心房的地方

党在我心中！那一刻，共产党员的责任和义务铭记于心！

43 岁的今年，红色七月，迎来了建党百年

我看着在庆祝建党百年大会上的青年们一声声最有力的宣言

"强国有我，强国有我"

这是所有为党为祖国不懈奋斗的青年们的宣言

我相信，在建设中国特色社会主义现代化强国中

有我、有你

让我们永远感党恩、听党话、跟党走

党旗：高扬的旗帜（节选）

湘潭市湘乡市人民法院　刘凯

（三十届　三等奖）

党旗，那鲜红的旗帜

流溢着生命的色彩

那是血与泪的淬炼

金色的镰锤

凝聚着生活的光彩

那是力量的源泉

党旗，那是信仰的旗帜

飘扬在党员心海，高扬在神州大地

从南沙到北疆，从东海到西藏

那是初心的执着，那是使命的担当

革命，只为人民当家做主

改革，崛起一座座新城

建设，编织民族复兴的中国梦

站在党旗下

那是一种神圣，那是一种荣耀，那是一种庄严

党旗，是坚定的方向

光芒

——贺建党百年华诞

岳阳市中级人民法院　李强斌

（三十届　三等奖）

星　火

沪上弄堂　南湖红舫

绽放开刺破苍穹的微芒

赤色火种　九州蔓延

闪耀起指引迷路的新光

井冈翠竹

陪伴了革命的青葱岁月

瑞金红星

烙下了苏维埃的正道沧桑

遵义不朽

拨正了中国革命的前进航向

北上　北上

在那西北黄土高原的圣地和摇篮

从此孕育出星火不熄的力量

曙　光

东倭入侵

华夏蒙殃

英雄的中国人民

岂能容忍肆虐入侵的豺狼

从东北到华北

从长城内外到万里南疆

到处挺立起共产党人不屈的脊梁

十四载浴血抗战

中华民族终扫百年之耻殇

1949 年 10 月天安门城楼伟人的撼世之音

揭开了一个民族崛起的序章

烈 焰

刀枪未入库　边界烽烟起

美帝联军的獠牙恶齿

激起了共产党人的万丈豪情

雄赳赳　气昂昂

跨过鸭绿江

一场举世瞩目的战役就此打响

伴随着板门店的钟声

宣告了西方列强的失败

也为新中国迎来了长久的和平之光

明 灯

一百年的红色征程

英雄辈出　群英竞芳

那一个个耳熟能详的闪亮名字

早已溶化为民族精神之光

照耀着我们　予以我们力量

社会主义的航船始终乘风破浪

今天

新的百年征程已经启航

让我们携手御风

循着新时代中国特色社会主义思想的指引

循着擘画好的壮美蓝图

开创新的百年辉煌

红船精神颂

——敬献给中国共产党 100 周年华诞

湖南省未成年犯管教所　李林壹

（三十届　三等奖）

1921 年 7 月

在积弱多难的国度里

一条斑驳飘摇的南湖游船

奋力拨开令人窒息的如晦风雨

13 位热血青年为追寻救亡图存的革命理想

无惧那扑面而来的惊涛骇浪、白色恐怖以及死亡杀戮

谁能想到，这条小小的船儿

竟然也能披荆斩棘、破浪前行

在克服千难万险之后

带领一代又一代的中国共产党人

为争取实现中华民族的伟大复兴

而薪火相传，砥砺奋进

2021 年的火红 7 月

像炽灼的烈日

再一次点燃我们永不蜕变的理想信念

将信仰坚定地书写在

波澜壮阔的新时代征程上

而鲜活如初的红船精神也愈发璀璨夺目：

她，开天辟地、敢为人先；

她，坚定理想、百折不挠；

她，立党为公、执政为民。

今天，我们回眸激荡风云

穿越百年沧桑

每一首颂歌都唱响敬仰和感恩

每一声告白都写满祝福与深情

颂歌献给二十大（节选）

怀化市洪江市公安局　杨学云

（三十一届　三等奖）

历史的烟云伴着岁月的沧桑

已悄然远去

时代的脚步随着春天的阳光

迎辉煌而来

人们心中的美好向往将开启新的航程

党的二十大

将谱写中国历史最美篇章

让全中国人民心潮翻涌

令世界人民举目仰望

因为如今中华民族在党的领导下

经过战火的洗礼历经千锤百炼

已从贫穷走向富强

蓝天下红旗飘扬

我们迎着五星红旗　心怀祖国

我们心向共产党　永远跟党走

"七一"颂（节选）

湖南省赤山监狱　谭建平

（三十一届　三等奖）

一百年的波澜壮阔，

您回答了一个世纪之问：

谁能救中国？

一百年的披肝沥胆，

您感动了苍生，

惊艳了世界。

您的伟大

谁能与您并肩？

您的使命担当，

谁敢与您争辉？

您的使命初心，

开人类历史先河。

您的红色基因，

映江山红遍。

您的情感世界，

永远只有人民。

百年家国情，铸就山河梦（节选）

株洲市荷塘区人民检察院　曹雪晴

（三十一届　三等奖）

红船破浪

回首百年前

南湖上游弋的那艘画舫

承载了万万人的梦想与希望

亦照亮了人间前进的方向

从此以后，他们就有了信仰

百年征途

百年的风雨洗礼

锻造出了一代代优秀的检察人

手持着公平正义的利剑

守护着人间的幸福与安宁

从此以后，他们就一心为民

七月的景仰（节选）

湖南省未成年犯管教所　李林壹

（三十一届　三等奖）

火热的七月

我们用发自肺腑的钦佩之情

诉说一句句感人至深的告白

火热的七月

我们用响彻寰宇的恢宏旋律

唱响一首首流芳百世的赞歌

火热的七月

我们用力透纸背的笔墨丹青

书写一篇篇辉煌灿烂的华章

身处新时代

在这火热的七月

我们内心充满无比的景仰

这是抒情是讴歌更是传承

今天，我们要把感恩的颂歌

在 960 万平方公里的神州大地接续传唱

要把滚烫的初心

铸就成 9000 多万中国共产党员永不蜕变的

忠诚本色

要把坚定的信念

烙印在 14 亿中华儿女的心田

勠力同心奔赴那复兴中华的伟大征程

吾辈当自强（节选）

湖南弘一（衡阳）律师事务所　倪兰花

（三十一届　三等奖）

燃烧满天星辰　照亮黑暗

胸怀激荡　持书仗剑　这一路

风雨兼程　在战鼓澎湃中

足足走了一百年

百年征程　波澜壮阔

百年初心　历久弥坚

付吾辈之韶华

耀吾辈之中华

将热血沃中华

愿民族至巅　繁荣昌盛

吾辈仍需不懈努力

泱泱华夏

一撇一捺皆是脊梁

神州大地

一丝一念皆是未来

让我们以智慧为笔

以汗水为墨

在时间的画卷上记录赤子情深

在历史的苍穹下书写

——中国腾飞

五律·缅怀刘伯承元帅

湖南省高速公路交通警察局株洲支队　石磊

（三十一届　三等奖）

丈夫存浩气，仗剑拯黎民。

歼敌猛如虎，挥师妙入神。

施刀犹忍痛，创校不辞辛。

戎马报家国，精忠立此身。

沁园春·二十大

湘西自治州古丈县人民检察院　梁琬钰

（三十二届　三等奖）

洞庭皎月，林染武陵，百废俱兴。盛会虽既往，歌声未断；践行初心，开启检篇。责察微隐，剥茧抽丝，正义之风除恶源。法止戈，利剑护春蕾，兼济宽严。

敬业唯勤唯细，解民忧非空口谈言。事以黎元先，朝阅琐卷；夜归无眠，披肝沥胆；尽瘁华年，青鬓先斑。无悔身着检察蓝，祈湘河无恙，物阜民安。

七律·老山界红军墓

湘潭市雨湖区人民检察院　吕盛德

（三十二届　三等奖）

人来肃立鸟不歌，阵阵松涛寻旧柯。

万丈青崖作碑石，千秋浩气护山河。

后生此日唯瞻礼，同志当年已枕戈。

未识英雄名与姓，云龙缭绕舜峰峨。

水调歌头·东方龙

湖南省委610办　柳鄂鸿
（二十届　新人奖）

吾党意境远，主义特色真。改革开放，复我华夏千古雄。天南地北含笑，春风秋月生情，喜向人间逢！炯炯丹心热，浩浩世道明。

天行健，地势坤，党为民。科学发展，更启征途万里程。坐而多国论道，行就互利双赢，和谐共依存。引领世纪风，看我东方龙。

北上之歌（节选）

常德市公安局　李万军
（二十届　新人奖）

在一个漆黑的深夜
有一首高亢激昂的歌
从百年南昌古城
传遍祖国大地
歌声里

有人前赴后继

有人视死如归

有人闻风丧胆

有人怒发冲冠

金沙江隔不断你的足迹

泸定桥折不断你的翅膀

六盘山挡不住你的目光

一路北上

纪念毛泽东诞辰一百二十周年（五言诗）

湖南省岳阳监狱　范敏

（二十二届　新人奖）

少有凌云志，毕生血气刚。

顶天真豪杰，立地一栋梁。

井冈排险阻，延安挽危难。

遍燃革命火，燎原制虎狼。

八载驱倭寇，三年倒蒋帮。

山河归一统，灿烂五星扬。

抗美援朝越，世间正气张。

炎黄齐奋起，东亚巨龙翔。

创业开新局，华夏迈康庄。

功勋昭日月，英名百世芳！

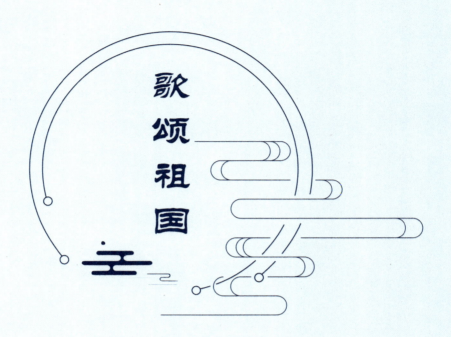

此生无悔入华夏

　　提起中国，你会想起长江、长城还是黄山、黄河？是惊叹于四大发明的奇思妙想还是浩渺九州的地大物博？不管身在何处，爱国总是永恒不变的主题。在歌颂祖国篇中收录新、旧体裁诗共计43首，充斥着诗人们对祖国深沉而热烈的爱，反映了与祖国同呼吸共命运，以自己的血汗去换取祖国富饶、荣光、自由的心声。诗人们或以改革开放、"一带一路"、祖国华诞等盛世华章入题，歌颂祖国的强盛伟大；或以风雨飘摇、硝烟战火、地下战线等残酷场景着笔，独辟蹊径地直面祖国灾难深重的古老历史。对比之下构建出一幅幅流动凝重的画面，配之以舒缓深沉的节奏，向母亲倾诉满怀的赤子之情，表达为祖国的未来而献身的激情和决心……

　　在诗人们的笔下，祖国不再只是高悬于天的红日，也是饱经沧桑、贫穷凋敝的旧社会与红旗招展、欣欣向荣的新时代的交织。通读此篇，读者既能看到"八千里路云和月"的壮怀激烈，也能读懂"愿得此身长报国"的真切感情。诗人们不仅使用新奇意象来观照内心的情感记忆，出格而入理地描绘出祖国深重的灾难与贫困、光明的希望与前程两幅截然不同的画面，还将自身摆进历史与未来相交错的现实之中，寓己于形，对祖国的过去和将来进行了深刻的思考。

　　歌颂祖国篇既是"歌唱祖国天籁曲，高扬旗帜向未来"的欢欣鼓舞，也是"向北望星提剑立，一生常为国家忧"的深切情愫。诗人们笔力遒劲，气势恢宏，将对祖国的深切热爱与向往追求化作一首首诗篇。

每一首诗词都是来自政法战线最前沿的诗意独白，饱含着对伟大祖国的坚贞与追寻。诗词中散发出削铁融石的热力，迸射出绚丽多彩的光焰。

我们应该深刻体会蕴含其中的思想与品格，从这些诗篇中汲取养分、增进力量，为共同的理想信念而不懈奋斗。

新中国成立七十周年前夕
参观毛主席旧居

湖南省公安厅　李文勇

（二十八届　特邀作品）

家燕声声大井中，读书石上忆毛翁。

行云渺渺南朝北，笑脸张张黄带红。

团结树，井冈风，初心未改与君同。

桥头一曲西江月，流水潺潺总向东。

七律·赞北京冬奥开幕

湖南省委政法委　陈岭

（三十一届　特邀作品）

北京冬奥与春到，冰碎五环跃舞台。

绿草千竿新苗秀，雪花万朵大师才。

白鸽单调还人性，火炬双接国手开。

歌唱祖国天籁曲，高扬旗帜向未来。

写给祖国母亲的歌

湖南省岳阳监狱　陈谦

（十八届　一等奖）

你是雄鸡，唤醒拂晓；

你是巨龙，叱咤风云；

你是醒狮，舞动神州；

你是星火，点燃文明。

你有一个神圣的名字，

那就是中国！

那就是中国啊！我的祖国！

回眸历史，

我们站在岁月的肩膀上远眺。

珠穆朗玛峰的雪海真纯，千年未变；

黄河谷口的惊涛激情，经久不息；

万里长城的雄浑与深沉，绵延不绝。

那就是中国！那就是中国啊！

我的祖国！

我深深爱恋的祖国！

共和国之鹰（节选）

——献给为保卫国家安全而英勇战斗
在隐蔽战线上的无名英雄们

怀化市国家安全局　段承芳

（十八届　一等奖）

我们是护卫共和国大厦的雄鹰，
鏖战在波谲云诡的深涧峻岭！
这里虽看不见炮火纷飞的硝烟，
却暗藏着敌死我活的绝杀拼争。

我们时而俯瞰苍穹搏击电闪雷鸣，
我们时而俯冲大地智斗邪恶魔影；
我们时而潜入江河搜寻暗流险礁，
我们时而隐身龙潭辨识浪韵涛声。

我们的目光穿透深邃的大气层，
敏锐地捕捉着太阳背面的风云；
我们的听觉飞越浩瀚的太平洋，
警觉地洞悉着地球另端的杂音。

山雨欲来我们超前嗅到它的征兆，
阴霾乍起我们早已摸透它的秉性；
魑魅魍魉躲不过我们降妖的利爪，
毒蛇猛兽逃不出我们布好的陷阱。

沁园春·家乡美

湖南省公安厅　喻启祥

（二十一届　一等奖）

　　湘楚风光，艳丽多姿，人杰地灵。看元勋故里，花明柳暗，密云寺庙，烟绕钟鸣。佛洞松青，灰汤泉暖，妙趣横生天下名。龙潭险，竞漂流峡涧，遣兴娱情。

　　回眸岁月峥嵘，历艰苦功成大业兴。赞百强榜上，工农昌盛；三湘画里，文化繁荣。楼厦如林，田园似锦，放眼城乡春意盈。思今昔，更"两型"开拓，莫负先行。

"一带一路"赞

湖南省人民检察院　张树海

（二十六届　一等奖）

"一带一路"，古已盛名，源自中国，起于唐明，海陆两线，欧亚联通，发展贸易，传递文明，

互通互惠，青史永铭。当今世界，霸权横行，

拉帮结伙，网罗仆从，挑唆事端，制造纷争，

战乱不止，涂炭生灵，经济衰退，民不聊生。

中国崛起，捍卫和平，国有大小，一律平等，

肤色信仰，受到尊重，和平共处，相互包容，

发展经济，摒弃战争。习总书记，再倡丝路，

欧亚各国，互联互通，协同发展，合作共赢。

"一带一路"，举世响应，引领世界，佳绩再铭。

七绝·南海大阅兵

湖南省长沙监狱　万经伟

（二十七届　一等奖）

舰阵惊涛腾赤帜，机群破雾撼苍穹。

新硎利剑军魂淬，追梦深蓝唱大风。

像石榴籽一样

湘潭市公安局　欧阳伟

（二十七届　一等奖）

红红火火的石榴花多么美丽，

星星点点的石榴籽多么甜蜜。

五十六个民族五十六个姐妹兄弟，

像石榴籽一样紧紧抱在一起。

留住乡愁留住我们的根，

守护家园守护姐妹兄弟。

在一起在一起在一起，

像石榴籽一样紧紧抱在一起。

你中有我，我中有你，

创造一片新天地吉祥如意。

人见人爱的石榴花喜气洋洋，

多子多福的石榴籽相守相依。

五十六个民族五十六个姐妹兄弟，

像石榴籽一样紧紧抱在一起。

面对灾难我们永不畏惧，

面对危机我们不离不弃。

在一起在一起在一起，

像石榴籽一样紧紧抱在一起。

走出劫难，走向复兴，

走进一个新时代欢天喜地。

绝对

怀化市委政法委　洪胜春

（二十八届　一等奖）

初心的旗帜上

跳荡着一颗颗炽热的心

那是南湖红船的誓言

那是井冈山的激扬风景

那是延安窑洞的胸襟

使命的旗帜上

闪亮着一只只力量的右手

那是守护的铁拳

那是正义的坐标

那是交给十三亿人民的答卷

水调歌头·庆祝新中国成立六十周年

湖南省岳阳监狱　康明

（十八届　二等奖）

国寿逢花甲，九域尽开颜。山河流彩，六秩成就胜千年。

三峡电能远播，屋脊铁龙飞越，好梦俱欣圆。北引南疆水，

沙漠变良田。

收港澳，赢奥运，国耻湔。娥星登月，神七飞将步云天。

战胜冰洪强震，稳渡金融海啸，"三保"谱新篇。礼义"和"为贵，

声誉甲瀛寰。

我的眼前飘扬着一面红旗……（节选）

湖南省高级人民法院　杨建华

（十八届　二等奖）

我的眼前飘扬着一面红旗，

锤子加镰刀深深地烙印在我的心灵。

歌唱"没有共产党就没有新中国！"

从童年到现在，

我沸腾的热血啊，

就不曾有过片刻的平静。

我的眼前飘扬着一面红旗，

难忘入党宣誓时目光剔透的晶莹。

高诵"为共产主义奋斗终身！"

在右手举起的那一刻，

我就以党员的忠诚和执着，

守护起那一份信仰的坚定。

七绝·贺武广高铁

湖南省公安厅　喻启祥
（十九届　二等奖）

缩地而今有妙方，惊看高铁不寻常。

清晨送我离三镇，晌午花城会老乡。

七律·赤子情

邵阳市隆回县人民法院　屈成林

（二十届　二等奖）

乌云密布暗神州，遍野哀鸿无尽头。

赤子拳拳忧国泪，庶民狷狷望星楼。

嘉兴湖畔红灯亮，勤政殿中大业筹。

万里山河多锦绣，纵横健笔写春秋。

五律·夜越井冈山

长沙市公安局交警支队　刘首枚

（二十届　二等奖）

暮霭移山下，苍穹北斗悬。

流萤耀溪底，归鸟宿峰巅。

迈步千里岭，飞身万丈渊。

莫云前路暗，心有艳阳天。

望海潮

邵阳市隆回县人民法院　屈成林

（二十五届　二等奖）

百年心愿，海天情愫，春风唤醒乾坤。残雪化融，冰河解冻，大江滚滚东奔。瀚海淼无垠。看蛟龙入水，几度深蹲。航母归营，碧波万顷舰机跟。

从前历史重温：恨南京国耻，甲午冤魂。军政废弛，民生凋敝，任凭强盗侵吞。落后是儿孙。喜仁人志士，勠力图存。复兴中华，建成幸福小康村。

九段线，母亲的项链

永州市国家安全局　周华清

（二十五届　二等奖）

九段线，

像一条美丽的项链，

串起那散落南海的明珠，

垂挂在母亲胸前，

那里有祖宗先辈的渔火，

那里有炎黄子孙的帆影。

不是选择性失明，

就不会炮制那兽行的裁定。

广袤的南海，像蓝色的血，

奔涌在华夏儿女的经脉，

迸发出雷霆的吼声，

南海是中国的，

谁也别想踏进半个脚印。

九段线，

像一条不朽的项链，

串起历史与现实，

垂挂在南海之边，

那里有中华复兴的征途，

那里有中华不死的精魂。

百年的耻辱，

像愤怒的火，

燃烧在华夏儿女的胸膛，

熔炼出钢铁的长城，

南海是中国的，

谁也别想再把它瓜分。

不只是传说

株洲市天元区人民检察院　罗倩妮

（二十五届　二等奖）

爷爷说，

南湖有条航行的小船，

井冈山翠竹如海。

历史说，

两万五千里征途漫漫，

有一群把脚步从胸膛迈出的热血好汉。

电影说，

天安门广场红旗飘扬，

北京焕发出惊天力量。

人们说，

几经磨难沧桑，

春天的故事终于唱响。

明天说，

奔腾浩瀚的黄河长江，

即将插上金色的梦想翅膀。

祖国（节选）

——热烈庆祝中华人民共和国成立七十周年

湖南省委政法委　谭石钻

（二十八届　二等奖）

小时候

祖国 ——

是母亲哼着《东方红》伴我入眠的小夜曲

是父亲胡子里红军、八路军、解放军的英雄故事

是教室正前方悬挂的五星红旗

是黑板上老师手绘的"大雄鸡"

长大后

祖国 ——

是改革开放农村包产到户的举国欢庆

是中国女排"五连冠"的雀跃欢欣

是"四化"建设的进军号

是长江长城、黄山黄河的"中国心"

百年沧桑路（节选）

长沙市星城地区人民检察院　刘顺华

（三十一届　二等奖）

南湖、画舫、月影

茫茫漆暗里

黑雨滂沱

紧握的拳头

砸碎千年枷锁

井冈山、扁担、云畔

连绵硝烟中

狼号声声

沥血的铁肩

担出人间正道

我心中的五星红旗（节选）

长沙市长沙县人民检察院　易美文

（三十一届　二等奖）

我心中的五星红旗

在珠峰顶上

凝结着跋涉者的脚印

倾注了攀登者的汗水

我心中的五星红旗

在奥运会斩金夺银的领奖台上

国歌声中，熠熠生辉

他见证了祖国不屈的奥运史

我心中的五星红旗

在 300 多公里的中国空间站

在 38 万多公里外的月球上

在 3.8 亿公里外的火星上

是宇宙最亮的那抹中国红

七绝·万里江山尽彩虹

湖南省高级人民法院　李晓龙

（十八届　三等奖）

改革开放富无穷，扬眉吐气振雄风。

和谐发展孚民意，万里江山尽彩虹。

国旗

湖南省郴州监狱　雷海军

（十八届　三等奖）

你插在一切高度之上

于风中招展

鲜艳的色彩

使我想起

鲜血浸染着的

每寸土地

黎明的每一次仰望

总是给我一种

纯洁的力量

无论我走到哪里

你舞动的身影

永远在我心中

猎猎飘扬

临江仙·感怀

湘潭市湘乡市人民法院　伍先求

（十九届　三等奖）

浩渺春光辉九域，高歌"五好"情深。卅年改革大淘金。太空飘赤帜，四海颂甘霖。

自古晴天循玉律，包公海瑞崇钦。常持正义豁胸襟。无私生浩气，执着慰民心。

祖国与地图（节选）

娄底市新化县检察院　袁小安

（二十四届　三等奖）

雄踞在世界的东方

笑迎太平洋冉冉升起的朝阳

心灵上您是饱经忧患的母亲

挺起长城不屈的脊梁

以江河般绵绵不尽的乳汁

滋润着大地山川焦渴的心田

伫立在您的面前

我仿佛看见硝烟弥漫战火纷飞

无数双不怀好意虎视眈眈的眼睛

贪婪宰割您丰腴光润的肌肤

我似乎听见炮轰枪击电劈雷鸣

您如此激愤悲壮怒火填膺

挺立在刀口枪尖的山巅

您最杰出最忠诚的儿女们

巨臂掀起锤子镰刀的红色风暴

随风挺进的火种在弹雨的浇灌下

钢铁血肉冲出青面獠牙的桎梏

碧翠常青的风景染绿了神州大地

点缀朵朵红花托起的片片锦绣

七绝·庆香港回归二十周年

湖南省茶陵监狱　余占军

（二十六届　三等奖）

紫荆盛放自娇妍，赤帜燃情聚众贤。

两制煌煌襄壮举，明珠多彩映华天。

中国年

益阳市沅江市公安局　康固生

（二十七届　三等奖）

一年的最后一天在鞭炮声中，满意地走了；

一年的第一天在鞭炮声中，

欢乐地来了。

天地玄黄，宇宙洪荒。

母亲把一年的艰辛悄悄包在饺子里，

让全家人品尝，

甜……

父亲把一年的疲惫通通投进火塘中，

为来年热身，

暖……

一年里，

数这两天最长。

甲乙丙丁戊己庚辛壬癸，

子丑寅卯辰巳午未申酉戌亥，

二十二枚音符，

编制出六十挂生肖鞭炮，

热闹了几千年。

初心

湖南省委防范处理邪教办　谭石钻

（二十七届　三等奖）

那是一段激情燃烧的岁月

那是一次寻梦的青春之旅

七度春秋

风雨兼程

您在陕北那个隐于沟道的村子里

用装满书的行李

托起憧憬与希冀

理想—现实

您对比着种种差距

在生存还是毁灭的思考里

萌许初心

——要为人民谋利益

黑尾巴的煤油灯

是您勾勒梦想的笔

乡亲们赠予的"无字书"

让您把根深深扎进

黄土地

鹧鸪天·纪念建军九十周年暨朱日和阅兵

湖南省岳阳监狱　康慨
（二十七届　三等奖）

　　壮岁旌旗拥万军，阅兵场上气吞云。高天霹雳雄鹰掠，大地腾龙铁甲奔。

　　听号令，铸军魂。弯弓盘马卫疆垠。精兵劲旅烽烟淬，圆梦中华仗虎贲！

历史的脚印（节选）

衡阳市人民检察院　罗贝尔
（二十八届　三等奖）

九十八年前的那个傍晚

一叶轻荡南湖的木船上

几页的桐油纸，在高昂的诵读声中

诞生了一个为四万万灵魂当家做主的母亲

从此，挣扎在黑夜中的灵魂

如同夕阳下的倦鸟，有了属于自己温暖的怀抱

七十年前的那个下午

"中国人民从此站起来了！"

一句洪亮的湘音，肥沃了神州古老的土地

沉寂百年的东方巨龙

再次向着苍穹，发出自己最深沉的怒吼

二十七年前的那个初春

南方大地，刚脱下寒风的外衣

一位老人的目光便在此深情地驻足

"只有改革，我们才有出路！"

一句朴实的话语犹如春风，吹遍了神州的每一

寸土地

两年前的那个深秋

香山的落叶唱和着人民大会堂穹顶上的金黄

"实现中华民族的伟大复兴！"

一个庄重的承诺，振聩了世界倾听的耳朵

"路漫漫其修远兮，吾将上下而求索。"

这句古语，犹如夜空中最闪亮的那颗星

它穿越了苦难，也走过了艰辛

它寄托着希望，也怀抱着梦想

不管远方有多少荆棘，无论未来有多少苦难

我们每一步踏实的脚印

历史，永远会铭记！

同心同德中国梦（歌词）

怀化市委政法委　杨岩清

（二十八届　三等奖）

我们同姓中，我们同祖宗。

同在一片蓝天下，同筑一个梦。

振兴我中华，各自显神通。

撸起袖子加油干，自强不息展威风。

中华民族团结紧，同心同德中国梦。

我们都姓中，我们同祖宗。

同在一片国土上，同圆一个梦。

全面奔小康，全球中国风。

撸起袖子加油干，自强不息当英雄。

中华民族共奋起，伟大复兴中国梦。

检察成长（节选）

——庆祝新中国成立七十周年

常德市澧县人民检察院　袁其帅

（二十八届　三等奖）

我诞生在江西瑞金

也曾在战火中飘摇不定

我成长于大国北平

也曾在黑暗中摸索前行

那一年的春风吹散了迷雾

重新睁开眼的我看到了光明

欢呼着、雀跃着前进

和着全国上下的鼓舞欢欣

八八年经济犯罪举报中心

九五年反贪风暴雷厉风行

九八年分设批捕起诉两厅

那是一个一个历史的脚印

七律·决战脱贫攻坚
——新中国成立七十周年抒怀

张家界市中级人民法院　阳勇
（二十八届　三等奖）

日晒风吹入异乡，扶贫帮困鬓毛苍。

迟眠早起谋民愿，戴雨披霜送热肠。

举步慢量挥汗路，搭肩亲诉脱贫方。

同甘共苦心相印，新建琼楼稻麦香。

五绝·饮水思源
——纪念新中国成立七十周年

益阳市中级人民法院　李斌章
（二十八届　三等奖）

源源泉水临，解渴健身心。

深谢清凉井，长怀掘井人。

七律·新中国七十华诞颂

岳阳市临湘市公安局　李东雄
（二十八届　三等奖）

华夏峥嵘七十秋，翻天覆地竞风流。

蛟龙探海涛千里，玉兔巡空靓九州。

港澳回归圆绮梦，陆台来往胜优游。

国强民富新时代，引领寰球绘大猷。

七律·庆祝新中国成立七十周年

衡阳市衡山县人民法院　陈金辉
（二十八届　三等奖）

欣逢七秩显妖娆，乐业安居尽舜尧。

推倒三山民做主，实行四化党撑腰。

工农发展春风拂，科技兴隆瑞气飘。

不忘初心同筑梦，小康路上涌新潮。

纪念新中国成立七十周年

益阳市安化县人民检察院　刘志雄

（二十八届　三等奖）

七十年峥嵘岁月，丰功伟业薄云天，赢来独立和平，

鲜艳红旗招玉宇。

千万里秀丽河山，叠嶂层峦佳气象，摆脱贫穷落后，

富强民族固金瓯。

光，从南湖走出

衡阳市人民检察院　罗贝尔

（三十届　三等奖）

无须流淌，一湾湖水

足以倒映星空全部的辽阔

几张薄薄的纸片，就能记忆

历史前行的脚印

一页薄纸，凝聚了誓言的铿锵

开天辟地，是它开篇的起笔

只有在黑暗中前行

才能触摸到阳光绚烂的宝贵

敢为人先，是它落笔的注脚

只有在阳光下回望

才能体会到信仰不竭的力量

光，也是有记忆的

当它把神州照遍的时候

它不会遗忘自己来时的路

一定会记得那湾湖水，会记得那艘泊在岸边的船

一纸宣言，是为苦难砸开枷锁

一个政党，是为神州注满力量

一船星火，在为黑暗点燃结局

生于这一百年何其幸（节选）

湖南省郴州监狱　李飞万

（三十届　三等奖）

生于这一百年何其幸。

因为有你指引航向，

忆南湖红船缓缓启航，

烽火岁月，浴血奋战，

唱着没有共产党就没有新中国，

开创新未来。

生于这一百年何其幸。

因为有你劈波斩浪，

看改革开放滚滚洪流，

逆境崛起，激浊扬清，

唱着春天的故事，

走向新世纪。

母亲的献祭（节选）

——参观杨开慧故居有感

衡阳铁路运输法院　王梦雯

（三十一届　三等奖）

你的墓旁有一尊雕塑

一位母亲怀抱着她的稚儿

我静静地听着你的故事

被捕，受辱

鞭刑，刺骨

直到最后一瞬

你也不曾屈服

只是握紧孩儿小小的手

握紧　又松开

终是天人永隔

我不禁泪如雨下

紧紧抱住怀中八个月的儿子

孩子啊，妈妈多么的爱你

爱到甚至再也听不得

再也看不得

世上一切母亲失去了她的孩子的悲剧——

有人说　一个孩子不能没有母亲

但你可曾想过

何曾有母亲愿抛下她的稚儿？

只因　民族已到危急存亡之际！

万里长空　为忠魂舞

用你儿女情长　换来山河无恙

魂兮归来，佑我家邦！中华儿女，日月同光！

沁园春 · 祖国颂

常德市桃源县佘家坪镇政法委　翦睿夫
（三十二届　三等奖）

千里江山，一朝览尽，无限风光。望漫山红旗，议出画舫；燎原赤部，行过豫章。惊涛折桨，飞沙蔽日，赤县新雷震八荒。云烟过，见青峰耸翠，绿水流长。

巨变还看东方，仰神州沃土世无双。惟匠者灵机，夺天弄巧；上国重器，掣宇驰疆。使命犹承，初心不易，百年共举赋华昌。无须问，待乾坤翻覆，谓我炎黄。

衡州风骨

衡阳市石鼓区人民法院　阳昌兴
（三十二届　三等奖）

千年南岳祈福地，万里鸿雁归衡阳

东洲烟雨画中寻，石鼓书院守三江

岐山古树入苍云，竹海旧梦雾中藏

四明山中观四季，天堂寨里觅天堂

钟灵毓秀造化功，衡州风骨溯源长

犹记风云起关外，三桂忠邪戏无常

不念清风思明月，夫之高洁悲如兰

一生守贫隐山林，天道希微遗船山

水师激起湖湘志，雪帅话梅诉衷肠

九辞高官十战捷，两袖清风归故乡

明翰铁骨励后人，荣桓一生征战忙

猖獗日军压城来，江河寸断我血染

山川风月容颜改，凤凰涅槃再翱翔

风华正茂谋复兴，同舟何惧风雨狂

七律·观中国海军阅兵

长沙市公安局　刘首枚

（十八届　新人奖）

苍茫大海红旗展，叱咤风云列队航。

斩浪千层堪护岛，劈波万里可维疆。

笛鸣寰宇威吾国，号响重霄震友邦。

昔下西洋传国粹，今驱兵舰逐汪洋。

七绝·新中国成立六十周年感赋

湖南省未成年犯管教所　李正言

（十八届　新人奖）

一轮花甲展红旌，地覆天翻业有成。

多少人间烦恼事，环球遥望启明星。

歌颂政法队伍

赤胆忠心知谁是

　　"政法队伍是当今和平年代奉献最大、牺牲最多的一支队伍。"2019年1月15日，在中央政法工作会议上，习近平总书记赞扬政法队伍忠诚履职尽责、勇于担当作为、锐意改革创新。这是对政法队伍的肯定，也是对政法队伍的激励。

　　近年来，我省广大政法干警用辛勤的汗水乃至宝贵的生命，忠诚履职、为民服务、担当作为，谱写出了一曲曲感人至深的忠诚之歌、拼搏之歌、奉献之歌，为维护国家政治安全、确保社会大局稳定、促进社会公平正义、保障人民安居乐业筑起了一道坚不可摧的铜墙铁壁。

　　本篇章共计72篇诗词，百余名司法战线的诗词作家通过捕捉最生动的场景，挖掘一线最感人的故事，描绘政法战线先进人物、感人事迹，真正讲好政法故事，发好政法声音，深刻镌刻出了湖南政法事业的壮美画卷，热情讴歌了政法队伍的时代英模、时代风采。

　　"公正赢来多面誉，清廉导出四方春。""一腔浩气甘霖润，遍地金光粲蕊稠。"在这些满含深情的诗词中，有那白衣执甲、警蓝做盾的抗疫一线，有那生死相搏、剑不归鞘的扫黑战场，有那公正司法、良法善治的营商环境，有那法理兼容、情暖民心的调解故事，有那坚守高墙、护万家安宁的监狱警察，有那用生命维护司法公正的司法防线……他们用赤胆忠心守护着和谐，用一腔热血履行着自己的铿锵誓言，铸就忠魂。

　　他们是法官，是检察官，是警察，是司法行政人员……

　　这一篇篇讴歌赞美政法队伍艰辛付出、无私奉献、忠诚守护的诗词，正凝聚起激励广大政法干警不忘初心、牢记使命，忠诚履职、接续奋斗，不负人民期盼，为提高人民群众安全感、幸福感而不懈努力，实现新湖南"三高四新"美好蓝图的中坚力量！

七律·常德法院风采

湖南省委政法委　陈岭

（三十二届　特邀作品）

闪亮国徽沅水滨，红边袍服一时新。

忠诚法律铮铮誓，服务苍生处处真。

公正赢得多面誉，清廉导出四方春。

庭园建设新风貌，静静清流为万民。

临江仙·赞舟曲抢险中某乡武装部长杨曙光同志

娄底市中级人民法院　张凡民

（十九届　一等奖）

泥石山洪咆哮，顿时触目惊心。救灾一刻胜千金。明知前路险，偏向险中寻。

不幸妻儿罹祸，忍悲抢救他人。铮铮铁骨实堪钦。丹心昭日月，危难见忠忱。

江城子·警花

益阳市交警支队　俞首成

（二十三届　一等奖）

马龙车水满街城。左边停，右边行，手语从容，指引上征程。商旅平安心上系，长送目，细叮咛。

忽来宝贝闯灯横。路人倾，警花迎，闪避腾挪，一霎解魂惊。且看警徽光闪处，人争睹，赞声声。

七绝·获最高法荣誉天平奖章感赋

岳阳市临湘市人民法院　沈顺舟

（二十六届　一等奖）

荣誉天平铸奖章，千金难买自珍藏。

初心到老终无改，一路春风伴夕阳。

满江红·狱警颂（吕渭老体）

湖南省坪塘监狱 罗建昌

（三十一届 一等奖）

万里长征，今又是，狱中新捷。赞警徽铮亮，品行高洁。公正为民除瘴害，文明执法惩凶孽。挽救人，儿女铸丰碑，甘抛血。

风雨骤，旌旗猎。同奋进，中华崛。看高墙情洒，九州同楫。丹鸟重生功卓著，浪人回首心舒惬。问古今，何处算英雄，忠魂烈。

岁月无声

——写给无名英雄

永州市国家安全局 周华清

（三十一届 一等奖）

岁月无声

静静地演绎地老与天荒

你用火热的青春

染红每一个秋日，温暖每一轮冬阳

无声岁月无声去

青春不老写辉煌

脚步无声

静静地丈量城镇与边疆

你用不尽的跋涉

踏过每一条河流，翻过每一座山梁

男儿仗剑饮冰雪

无愧长城万里长

夜色无声

静静地淹没村陌与街巷

你用不眠的眼睛

送走每一个黄昏，迎来每一轮朝阳

笑卧寒风看晓月

轻抚长缨枕晨霜

誓言无声

静静地坚守初心与理想

你用蓬勃的生命

绽放花一般的风景，扛起铁一般的担当

盛世尽洒心头血

英雄无名寸心丹

七律·警花

湖南省岳阳监狱　李选蓉

（三十二届　一等奖）

几分灿烂黛眉间，共度峥嵘若等闲。

本色何曾因雨蚀，身姿从未逆风弯。

但藏傲骨称巾帼，也带寒光惩劣顽。

纵使洞庭花万朵，唯她四季展娇颜。

满江红·致人民满意的政法干警

娄底市委政法委　李建容

（十八届　二等奖）

大地安宁，有神警，呕心沥血。明法理，披荆斩棘，功昭日月。头顶几多风与雨，身披万里霜和雪。惠风清，绿叶净无尘，青莲洁！

青锋锐，除恶黑。天平正，民心悦。斩妖魔巨蠹，骨铮如铁。夜卧静思黎庶事，日行熟虑平安策。立潮头，历练铸忠魂，高风节！

我是中国检察官

株洲市茶陵县人民检察院　凌贵荣

（十八届　二等奖）

我是温暖热土的火焰，

我是震慑罪恶的利刃，

我是捕捉蛀虫的啄木鸟，

啊！我是人民利益的守护神。

我是中国检察官，

我忠诚地守护，

母亲的笑容、孩子的梦境，

人民寄托我无限的期望，

我时刻听从人民的召唤！

我是搏击巨浪的海鸥，

我是翱翔蓝天的山鹰，

我是一尘不染的白莲花，

啊！我是法律尊严的护卫者。

我是中国检察官，

我勇敢地护卫，

金色的谷穗、旋转的齿轮，

祖国赋予我神圣的使命，

我无私贡献忠诚和热血！

给交通警察

邵阳市公安局交警支队　陈奇、罗理力

（十八届　二等奖）

党　把国徽顶在你的头上

人民　把重担压上你的肩花

滚滚车流

穿越你风雨兼程的人生

岁月的年轮

刻满你饱经风霜的脸颊

有人说　你是东方的晨曦

也有人说　你是天边的晚霞

我说　你是一杆沉默无语的路标

岗亭　是你餐风饮露的家

太阳伞下　你坚强的臂膀画出时代的彩虹

斑马线上　你用人间的温情守护生命的光华

酷暑烈日　烘干你浑身汗水

雨雪风霜　吻去你满脸尘沙

也许　你背负父母的情债

纵然　你怀揣妻儿的牵挂

然而　你讲述的是千古情缘的故事

传颂的是平安幸福的佳话

晨钟暮鼓你敲响前车之鉴的警钟

春夏秋冬你托起和谐奋进的中华

无悔的阳光

——谨以此歌词献给为监狱事业捐躯的全国
一级英模湖南永州监狱民警吴战保同志

湖南省怀化监狱　彭郁

（十九届　二等奖）

你的誓言没有挂在嘴上，

你的信念没有写在纸上，

你的决心没有贴在墙上，

你的承诺却感动了四水三湘。

你的理想没有对父母讲，

你的志向没有对女友讲，

你的追求没有对兄弟讲，

你的生命却在特殊岗位闪亮

啊！风知道你，

江河知道你，

你是一颗无言的星座。

啊！亲人知道你，

共和国知道你，

你是一缕无悔的阳光。

萍露枫华

——谨献给我党隐蔽战线四位巾帼英雄

湖南省国家安全厅　陈志刚

（二十届　二等奖）

新时代，谁与她们同行……

★张露萍（1921.7—1945.7)

谁说飘萍无根，只能随波逐流？有了光，到哪里，萍，都有了方向。谁说飘萍太小，掀不起飓风大浪？七个人，如一把七星宝剑，插入了敌人的心房。

息烽！息烽！

怎息得了革命的烽火？

怎息得了心中那一线光明？

怎息得了那奔腾的地火？！

你甜甜的、孩子样的笑脸，让一切凶顽震惊，盛怒，继而战栗。

你甜甜的、孩子样的笑脸，指引着战友，向着晨曦，前进，前进！

一切腐朽的根茎，在你的笑里，灰飞；一切败坏的蛴虫，在你的笑里，烟灭。新，在旧的灰烬里生根，发芽，郁郁青青……

地上没有你们的名，你们的名镶在天上——宝蓝色的天幕，有七颗明星，指向一个新崭崭、红彤彤的中国……

★关露（1907.7—1982.12）

朝露待日晞？不，阳光下，更见你晶莹清澈。

你却纵身一跃，从沁绿的叶缘，跃入成堆的瓦砾与肮脏的腐殖里，从亮堂堂的世界，隐入了比黑夜更黑的黑暗。

疑惑的目光，谴责的眼神，唾弃的口水，义愤填膺的声讨，口诛笔伐……从众星捧月到千人所指，从"民族之妻"到汉奸文人，你唯有隐忍，隐忍。你潜藏在黑暗里，痛苦而坚定，推动那东方破晓……

你做到了，你毁掉了自己的清誉——你宁愿牺牲自己的生命——那可是比牺牲生命更难做到的呵。

你做到了，你让春风拂过每一朵花，抚过每一株草。"和暖的太阳在天空照"，照到的，不再是破衣裳。阳光下，一群小姑娘，穿着撒花的连衣裙，哼着歌儿，摆着手儿。

多么想呵，回到叶尖儿上，回到叶缘儿上，回到花芯儿里，沐浴新世界的晨光。可是你忘了，春天里，也有雪。

可你无悔。你说，哪怕烈火焚烧我三次……

雪融了，春天的阳光，照见一粒珍珠，晶莹，清澈，不染纤尘……

一场幽梦同谁近，千古情人我独痴。这一念，念的不仅仅是王炳南，这一叹，叹的，也不仅仅是恋人情。

★朱枫（1905—1950）

从不叹，红藕香残，闺中怨，

看试手，抗日救国，补天裂。

那一年，你把自己从富贵的花瓶里拎出来，扎进伤痕累累的大地，长成一树火红的枫。跨过松花江，跨过长江，跨过那一道浅浅的海峡，你追赶着黎明。

舟山，镇海，烟波迷茫的彼岸，有亲人和同志们期盼的目光。

无船可渡又如何？曙光！曙光很快就会来临，南海中的珍珠呵，很快就会光芒万丈！

那一年，一树红枫轰然倒下，映红了海那边的天空，染红了海这边泪飞如雨。

浴血，枫更红。

一株红枫倒下了，能否唤起，千万株红枫在心底生长？……

★萧明华（1922.8—1950.11）

归来兮——

那是亲人唤着华宝，同志唤着明华，党，唤着她亲爱的女儿……

你说，不要带我的遗骨回家乡，就让她在台湾吧！

这是一位弱女子的慷慨语，是中华魂的最强音呵。历史深处，

有鼙鼓来和，有柝击来和，有踏歌来和——大丈夫，当战死沙

场，马革裹尸耳！

生当作人杰，死亦为鬼雄，至今思项羽，不肯过江东。

埋骨何须桑梓地，人生无处不青山！

你的轻笑呵，让竹签子们发愁，让电椅们颤抖，让老虎凳们彻

底崩溃，让那些摧残信念的刽子手，反被信念痛击！面对你，

他们是否懂了，有比物质更强大的力量？

沙丘上，你圆睁双目，像站在新世界的山顶，睥睨脚下，一群

跳梁小丑，螳臂当车……

魂兮归来——魂已归来——原谅吧，原谅你的亲人和同志，原

谅党啊你的母亲，我们不忍你芳魂流落，我们要跟你在一起，

永远，永远……

槐香

——全国模范调解能手董金槐印象

衡阳市衡东县司法局　文卫兵
（二十一届　二等奖）

五月的槐花，如雪似蝶，

在村口的老树枝头怒放。

风中的槐香，浅吟低唱，

在农人四季怡然的梦乡。

春风习习有你温暖的情怀，

夏日炎炎有你无畏的阳刚，

秋月朗朗有你如玉的清白，

冬雪皑皑有你坚守的顽强。

风的脚步，在雄鸡报晓的农家小院，

在骄阳似火的田间地头，

在月夜荷锄的山林野径，

在乡村和谐的美妙民谣。

风的脚步，在彩云之端飘荡爱的回响。

槐的清香，在天地间荡气回肠。

五月的槐花，深情绽放，倾诉岁月的沧桑。

风中的槐香，淡泊悠远，

在农人四季怡然的梦乡。

成长历程

长沙市人民检察院　全宏梅

（二十一届　二等奖）

妈妈，这个周末你能陪我玩吗？

三岁的女儿望着我，稚嫩的眼里装满渴望，

我紧紧地把她抱进怀里，

拉着她的小手，

亲吻她的小脸蛋，

哄着她：

宝贝，妈妈不能陪你玩了，

要去办案点抓贪财的大坏蛋回来！

女儿跳起来说：妈妈真棒！

妈妈，这个暑假你能陪我去旅游吗？

十三岁的女儿瞅着我，美丽的眼睛闪烁着期盼，

我拍拍日渐长高的她，

给她一个夸张的拥抱，笑着回答：

很抱歉，老妈不能陪你去度假了，

要到院里去阅卷，审查一起重大棘手案件！

女儿懂事地说：妈妈辛苦了！

女儿转眼长大了，我无意中问她：

你以后的理想是什么？

她不假思索地回复我：

我也要成为一名人民的女检察官！

虽然这份天职蕴含清廉、艰辛，但却无比神圣而崇高！

妈妈你真伟大……

孩子的话使我的心顿感高亢而澄明，

眼前似乎有清风白云拂过，

鸽子在蓝天自由畅翔……

等我二十年（节选）

湖南省国家安全厅　夏惠慧
（二十二届　二等奖）

等待一朵花开，需要的大约是诗人的情怀，

等候一个人来，耐心不能比时间走得快，

我常想，究竟要怎样强烈的期待，

才能等到一份事业成长起来？

十月，丹桂飘香，

收获的季节，带着梦想，就这么遇上。

二十岁的湖南厅，二十岁的我们，二十年的时光，

我始终相信，

我们是在彼此等待中一起成长。

二十岁，青春如花，

奇妙的相遇照亮我最好的年华，

来之前我不曾想，

之后我不会怕。

和你一起，我就能越挫越勇、越战越佳。

等我二十年，

从今往后，

国安湘军的队伍里，多了不少年轻的容颜，

我们边学边练，奋勇争先。

将青春的热血，投入祖国大好的明天。

等我二十年，

号角吹响，蓝图已现，

我们和我们的湖南厅，

改革聚力，科学谋篇。

等我二十年，

等我羽翼渐丰，等我不惧艰险，

等我分担你"守土"重任，分享你苦乐酸甜，

等我亲口对你说：

下一个二十年，我还在你身边！

七绝·竹喻检察官

湘西自治州凤凰县人民检察院　胡明智

（二十二届　二等奖）

虚怀高节向青天，岁月沧桑若等闲。

公道人心持正义，枝枝叶叶写新篇。

与你的梦同行（节选）

邵阳市公安局交警支队　陈奇

（二十三届　二等奖）

年少时你对我说

你的梦离天很近

离家时你告诉我

你的梦是当一名交警

每次你穿着警服回乡

总是牵着我登上山顶

看星空银河上美丽的鹊桥

听你讲岗亭前传递的爱心

今天又到你回家的日子

却看不到你熟悉的身影

只见几辆警车从雷雨中穿过

党旗下你的骨灰撒遍了山岭

那一天狂风暴雨突然降临

你依然挥臂在车流中执勤

那一刻车轮从你身边飞驰而过

雷雨声瞬间卷走你铿锵的哨音

你走了

脚步还是那样的轻盈

你去了

留下的承诺溶解了我的心

致敬，监狱人民警察（节选）

湖南省未成年犯管教所　李林壹

（二十六届　二等奖）

是你，

将青春、汗水和心血

化作燃烧的烛光

拨开层层迷雾

照亮那失足囚子的双眸，

指引他们重新找到回家的路……

是你，

将真情、法理和智慧

化作甘甜的雨露

滋润那过早干涸荒芜的心田

洗涤心灵上的污垢，矫治扭曲的灵魂

唤醒人性的复苏

是你，

将责任、担当和奉献

化作无比的爱

去追寻那份永远不能割舍的理想

恪守严格执法的准线

默默坚守着国家与社会大局的和谐安宁

男儿的手（朗诵诗）（节选）

——缅怀在"百日会战"中英勇牺牲的
交警段祖连

邵阳市公安局交警支队　陈奇

（二十六届　二等奖）

女：很小的时候

妈妈拉着你的手

跟你说"马路上有车，不可以乱走"

男：上学的时候

老师牵着你的手

告诉你"交叉路口，要看清再走"

女：长大以后

你儿时的小手已变成大手

这双手把童年的启迪刻在了心头

男：穿上警服后

你义无反顾地走向城市的街头

用男儿的双手挽起穿梭的车流

女：从此以后

你用双手紧紧握住大家的手

把自己的安危和疲惫全放在身后

男：从此以后

你用双手捧起晨曦摘下星斗

让心底的祝福穿过冬夏拥抱春秋

女：多少个黑夜与白昼

你在斑马线上挥舞着双手

让文明交通的步伐紧跟时代的节奏

五律·三湘狱警赞

湖南省长沙监狱　万经伟

（二十六届　二等奖）

放眼新常态，持觚作赋鸣。

潇湘争百舸，警苑绽千英。

淡岁悠悠逝，浓情汩汩盈。

国徽耀金盾，筑梦愈遗行。

七律·法官品质

湖南省高级人民法院　黄兴东

（二十六届　二等奖）

肩扛道义大于天，自有良知意更坚。

品若青兰纯一色，心如沧海纳千涓。

是非依法纷争息，曲直维公正气传。

笔下行文皆析理，誓留清白在人间。

柳梢青·重返军营

湖南省公安厅　李文勇

（二十六届　二等奖）

　　建军时节，老兵参访，警营忻悦。笑语声声，红歌阵阵，豪情高彻。

　　心怀日月苍穹，报国志，如钢似铁。热血长城，巍然屹立，何忧顽孽？

吟剑

湖南省人民检察院　江世炎

（二十七届　二等奖）

把剑藏在胸　何惧雨与风

男儿生来当担重　管他水复山又重

世间事　就如梦

只要正义在　万古太阳红

自从剑在胸　豪气向天冲

男儿有泪不轻弹

伤了疼了我自缝

纪与法　总似风

管你鬼与神　通通一扫空

在胸亦非胸　默默过秋冬

为扫人间诸不平　无日不在鸣心中

一把剑　情万重

但得世太平　平淡也英雄

七绝·精准脱贫在龙井

株洲市炎陵县人民法院　唐梦蓉

（二十八届　二等奖）

龙山叠嶂径连天，井水清波映素颜。

干警心忧贫困事，往来足迹遍山巅。

七绝·警送迷童归

长沙市公安局　刘首枚

（二十九届　二等奖）

人送迷童夜半归，举家喜极泪花飞。

谢时忽觉眼前亮，雷电横空映警徽。

七律·娄底公安英模颂

娄底市公安局　王建华

（三十届　二等奖）

多少更深露湿缨，征途惯把曙光迎。

慨流我血为人质，痛剿狼窝洗恶名。

三气存心荣辱重，八钉贯体死生轻。

英雄本乃寻常汉，只是临危敢逆行。

悼春梅

衡阳市中级人民法院　汤研科

（三十届　二等奖）

庚子岁末

在灿若星河的法治天空

有颗闪亮的流星划过

星城严寒的晨曦中

一个鲜活的生命倒在血泊里

春未至、梅已凋

衡岳悲、湘水咽

幼儿夜啼娘不在

白发双亲唤儿归

亲人再难见你如花的笑靥

同事再难见你忙碌的身影

一把利刃

剜痛的不只是两个家庭的心

还有所有法院人执着的神经

司法权威

岂容暴力挑衅

法治大厦

必将巍然屹立

寒冬总会过去

春天终将到来

待到山花烂漫

你必是丛中最美的那一枝春梅

空空的袖筒

湘西自治州泸溪县公安局　唐浩
（三十一届　二等奖）

三岁时，我天真地问妈妈

爸爸的袖筒怎么会是空的

妈妈说，爸爸在逗你玩呢

十三岁，我又问过妈妈

爸爸怎么少了一条胳膊

妈妈说，爸爸啊是人民警察

到我三十岁，爸爸退而不休

去学校当保安……

我才明白

空空的袖筒装满了河山

《警营组诗》选二

湘潭市公安局岳塘分局　彭文志
（三十一届　二等奖）

夜值

灯火昏黄暗影沉，

满天宿露浸衣襟。

男儿可见英雄壮，

枕甲无眠夜夜心。

伤残警抒

折脊沉腰志未销，

男儿有梦赴朝朝。

十年往复勤民事，

只把戎装映碧寥。

忆秦娥·颂特殊园丁

湖南省坪塘监狱　李骥
（三十二届　二等奖）

高墙冽。春风唤醒沉沦月。沉沦月。迷途浪子，梦乡情切。

心头有话凭谁说？园丁灌圃明真诀。明真诀。东方破晓，铁窗暄热。

七绝·衡山法院廉字

衡阳市衡山县人民法院　陈金辉
（三十二届　二等奖）

衡山法院竖廉碑，字字森严自显威。
明镜高悬常警示，扬清激浊守绳规。

沁园春 · 湘警

株洲市公安局　宋伟明

（三十二届　二等奖）

万里芙蓉，千里潇湘，百里高楼。看洞庭波涌，星沙熠熠；韶峰云起，古道悠悠。南岳南山，福城福地　紫鹊凤凰任畅游。永怀想，共武陵春色，岁月温柔。

问君从警何求，心向党、先于天下忧。敢临危亮剑，凭栏望远；扎根湘楚，逐梦神州。雪雨风霜，打防管控，守护平安几十秋。终无悔，为人民服务，勇立潮头。

水调歌头 · 结对帮扶

湘西自治州花垣县司法局　李昌频

（三十二届　二等奖）

冬日雨渐渐，沥沥雾中天。遥山隐隐恬静，村寨上炊烟。犬吠鸡鸣幽静，篱落菊花寒韵，路转小山前。惊雀因声起，入户问平安。

话家常、算收入、结佳缘。人间妙处，火塘边上论桑田。结对帮扶情意，致富脱贫犹记，今日把言欢。兴尽晚归去，余味自怡然。

致唯一的你

邵阳市双清区人民检察院　王谱江

（三十二届　二等奖）

与你相识，在懵懂的年纪。

你深邃迷离，

我芳心暗许。

与你相知，在大学的雨季。

你晦涩难懂，

我百般努力。

与你相爱，在复兴的时代。

你继往开来，

我初心不改。

你一心为民，彰显正义。

我砥砺前行，不离不弃。

你就是法治事业，

我永远的唯一。

翩然而至

—— 献给共和国的高墙卫士

湖南省雁南监狱　欧阳红梅

（十八届　三等奖）

你翩然而至

在无数个阳光明媚的清晨

那时候树梢被你的湛蓝

吹拂得如此生动

你翩然而至

在无数个万籁俱寂的深夜

那时候监舍被你的双臂

拥抱得如此安宁

你翩然而至

在无数个风霜雨雪的四季

那时候大地被你的浓情

涂抹得如此洁净

七律·赞国安干警

益阳市国家安全局　符志刚

（十八届　三等奖）

司刑办案建奇功，取证侦查剑气冲。

网布罗张搜要犯，山高水远缉顽凶。

执规执法追包拯，无畏无私效海公。

冰雪风霜全不顾，安邦报国葆精忠。

七律·人民好法官龙岳来

益阳市中级人民法院　李斌章

（十八届　三等奖）

肩挑重担不辞难，稳掌天平从未偏。

执法严明惩豺虎，倾情诚挚爱黎元。

阋墙兄弟重携手，破镜夫妻再结缘。

坚守清廉勤尽职，大山之子美名传。

那就是你

—— 为模范检察官蒋冬林而作

株洲市茶陵县人民检察院　凌贵荣
（十九届　三等奖）

风不想说，雨也不说，

风雨里承载了你的苦乐，

山一样的性格，

海一样的胸怀，

平凡的肩膀挑起了重托。

啊，那就是你，无怨无悔的你，

追求公平正义，热情似火。

征途多坎坷，人生有曲折，

曲折中依然唱着豪迈的歌。

名不想说，利也不说，

名利中透视着你的淡泊，

地一般的无私，

天一般的广博，

赤诚的心中铭记着承诺。

啊，那就是你，清正廉洁的你，

保持公仆本色，刚正不阿。

乐在吃苦中，苦中自有乐，

苦乐中依然唱着正义的歌。

七绝·赞全国政法战线先进个人代表李完武

岳阳市平江县人民法院　何亿友

（二十届　三等奖）

平江政法一枝花，戴月披星访万家。

正气一身为百姓，清风两袖展芳华。

七律·赞人民法庭法官

岳阳市临湘市人民法院　邓曙龙

（二十一届　三等奖）

根扎乡村做法官，人民利益重于山。

排忧解困万家乐，息讼止争百姓欢。

履职秉公明法理，便民审案到田间。

清风两袖廉如水，坦荡情怀天地宽。

永恒的坚守

永州市宁远县人民检察院　徐东青

（二十一届　三等奖）

你是一个人的品格，

检察人的精神向往。

多少次风雨交加的考验，

不变的是对党和人民的忠诚。

你是一个人的价值追求，

检察人的崇高使命。

多少次是与非的博弈，

不变的是对公平正义的执着。

你是一个人的职业操守，

检察人的内在要求。

多少次金钱与美色的诱惑，

不变的是清正廉洁的本色。

你是一个人的素养，

检察人的风范。

多少次文明与野蛮的较量，

不变的是对人权和人格的尊重。

你是一个人的情怀，

检察人的言行展示。

多少次沧海桑田的变化，

不变的是对检察事业永恒的坚守。

我骄傲，我们是人民法官（节选）

常德市澧县人民法院　陈萍

（二十一届　三等奖）

在所有的颜色里面　我们选择了黑色

不惟是与国际接轨　也是因为它象征着庄重与威严

一条国旗色的前襟　把忠诚缀在胸间

昭示在世界面前

有人说，黑色象征着冷酷

其实，黑色也是温暖

因为有黑色的衬托　圣洁的白色

才泾渭分明，纤尘不染

正如有黑色的土地　才养育出肥沃的秋天

我们就是这样的一群人

把青春扣进制服　把智慧装进宗卷

把坚毅刻上眉宇　把公正浇铸为信念

每一天，都在追求与探究的审慎中

给冤屈者以公正的申雪

给罪孽者以正义的审判

给失足者送去挪亚方舟

给丑恶者祭出达摩利剑

不要说和平时期　　没有硝烟

不要说改革年代　　没有险滩

看不见的阴风　　也会刺骨砭脸

躲不开的陷阱　　也会步履维艰

监狱警花

湖南省永州监狱　　刘雄文

（二十二届　　三等奖）

也有女性的温柔

如朝光春色

也有美丽的人生

潇潇洒洒

然而今天的监狱警花

不再像昨天

徘徊在花前月下喁喁私语

守候在小家中锅碗瓢盆

于今把特殊的使命担起

和血性男儿一道

挥洒汗水无怨无悔

将春天的希冀播种在高墙内

把锈渍的灵魂开启

用慈母般的甘露

慈润那片荒芜

收获无限的光明

你的眼睛（节选）

永州市国家安全局　周华清

（二十二届　三等奖）

当太阳收敛起最后一丝光芒

夜幕降下厚重的翅膀

你的眼睛

充满机警

锐利的目光

像一柄利剑

透过夜的黑暗

注视着凝结的农村屋舍

打扫着喧闹的市井街巷驱除不甘寂寞的幽灵

经历

无数次惊心动魄的历险经历的

无数次九死一生的诡谲暗战的

你的眼睛

仍充满着执着

刚毅的目光中

包含着共和国最深的情感

无怨无悔

默默守望

鹰之吟（节选）

益阳市国家安全局　唐人

（二十二届　三等奖）

你

栖息在一个千仞壁立

的凛寒高度

自由呼吸

并非天性孤寂

而是要在庸常的岁月

构建一个新的平台

把梦想的翅膀

重新梳理

虽然高处不胜寒

却避开了诸多的喧嚣、嘈杂与拥挤

虽然你的生命无法不息

却可以让生命的每个季节

不至落叶

而失去焕彩的美丽

虽然你

担两翅风雨

带着电的擦痕

裹着雷的血腥

但你以苍劲的体征表达——

生命的徽记

只有经过凤凰涅槃

才会有浴火重生的

蓬勃之气

哦，栖在山巅

你是一尊思想者的雕塑

翔在天宇

你是一幅中国画的大写意

七律·从警感怀

株洲市公安局　宋伟明
（二十三届　三等奖）

起坐独寻昨夜星，峥嵘岁月意难平。

九州绮梦山河伟，一寸丹心日月明。

久阅悲辛犹奋志，饱尝磨难更痴情。

警营总是春风劲，任我飞扬任我行。

采桑子·巾帼英豪

湖南省长沙监狱　罗琼文

（二十三届　三等奖）

皑皑冰雪幔岩兀，风舞狂号。缺氧煎熬，

举步维艰天路遥。

攀登极限排千险，豪气冲霄。梦在燃烧，

笑瞰群峰湘女娇。

七律·赞"全国模范法官"詹红荔

益阳市中级人民法院　李斌章

（二十三届　三等奖）

时代潮流浪卷花，法坛女杰显光华。

春风唤醒沉疴树，细雨滋苏失足娃。

倾注真情医病疾，遍施大爱救新芽。

秉持公正犹悲悯，红荔飘香黎庶夸。

江城子·纪念从警三十周年

娄底市公安局　李平凡

（二十三届　三等奖）

　　当年一愿着戎装，好儿郎，志昂扬。世纪风雷，立志谱华章。拨雾擒魔千百度，张正气，慨而慷。

　　已知天命又何妨？鬓无霜，劲如常。矢志为民，宗旨岂能忘！万险千难何所惧，再跃马，创辉煌。

驱邪卫士

衡阳市委防范处理邪教办　旷庆启

（二十三届　三等奖）

这里没有硝烟弥漫的战场，这里看不到真刀真枪。

他们默默无闻守着岗位职责，

常年在隐蔽战线进行斗争较量。

防范临控犹如前沿阵地，

帮教转化好似春风清爽；

宣传教育时刻警钟长鸣，

"创无"号角在机关基层吹响；

清贫奉献换来一方净土，

乐于事业不计得失名扬。

七律·赞我党隐蔽战线老前辈

株洲市国家安全局　陈春明

（二十三届　三等奖）

埋名隐姓辨秋毫，虎口拔牙胆气豪。

斩棘披荆擒魍魉，舍生忘死斗贼蝥。

深谋远虑侦防巧，内紧外松布控高。

智勇忠诚吾辈仰，扬帆搏浪竞风骚。

我是一名骄傲的司法人

常德市汉寿县司法局　向建忠

（二十六届　三等奖）

我是一名骄傲的司法人

我深知肩上担负着　平安的责任

乡村的小路留下了　我岁月的脚印

夜空里的星星　是我走村入户的眼睛

我是一名骄傲的司法人

生活的矛盾　是难免的事情

怀揣耐心　是我工作的根本

心系诉求　是我最高的责任

平安之花的艳丽　是我最美的心境

我是一名骄傲的司法人

化解矛盾　平息纠纷

是我崇高的使命

无悔我的生命　无悔我的青春

我会在铸就和谐的路上

坚定地前行

我是一名骄傲的司法人

百姓的声音　我最爱聆听

在我心中　他们是最亲的人

为了让人们沐浴在　法治的阳光里

我愿倾注　热血与激情

我看见过你

湖南省公安厅交警总队　成琴
（二十七届　三等奖）

在川流不息的车水马龙中我看见过你

汗水濡湿你的衣襟

目光追寻着车辆行人

你在守护

在交替闪烁的红绿灯下

我见到过你

眼神坚毅手势有力

为了人民安全的诺言

你在践行

在夜深人静的黑夜里

我遇见过你

默默地守护在街头巷尾

即使不言不语

也让我的心安宁

可是

在万家团圆的家里　在孩子期待的眼神里

在爱人等待的时光里

我没看到你

你说下一次一定会出现的　我相信你

因为你一直都在

我的心里

我的名字

岳阳市华容县公安局　杨斑
（二十七届　三等奖）

我是警察，

你或许并不认识。

但是，我一直就在你身边，

踏踏实实守护你。

打击犯罪，勇往直前；

夜间巡逻，乐此不疲；

服务群众，全心全意；

防洪救灾，我们奋勇争先。

苦过、累过、哭过，

但我们依然倔强地站着，

我们并不渴望你说的那声"谢谢"。

只是渴求你的理解,

金杯银杯,

我们只求口碑,

撸起袖子,

我们只为加油而干,

这就是我们警察。

不后悔加入警营,

因为我们头顶国徽。

不惧怕牺牲,

因为为人民而牺牲,

是我们神圣的使命,

心存信仰,肩扛责任。

你无须知道我是谁,

我只是一名平凡的民警,有危难,

我会时刻在你身边,

我的名字 :110

太阳月亮星星

衡阳市雁峰区人民法院　陈鸿煦

（二十七届　三等奖）

当你身着法袍

扛起天平

敲响法槌

法台上仿佛升起一轮太阳

耀射着正义的光芒

当你系上围裙

走进厨房

娴熟地操弄起锅碗瓢盆

奏响的是一曲幸福甜蜜的交响乐

在他心中你是那一弯最美的月亮

当你抚着孩子

一边洗着衣服

一边讲着童谣

讲着海瑞讲着包拯讲着……

孩子清澈的双眸里

一定闪烁着无数的星星

正点燃着他那遥远的梦想

七绝·致湖南援疆警察

湖南省未成年犯管教所　李林壹

（二十七届　三等奖）

湖湘子弟卫边关，且效胡杨斗志顽。

赤胆忠心何畏惧，疆安任满再思还。

咏竹歌

湘西自治州人民检察院　龙浩

（二十七届　三等奖）

内虚心，外直高，挺拔于世不折腰。

未曾出土先有节，只把常青以为豪。

人怜生来直节瘦，不见崇山看云涛。

昂直脊背刚而正，咬定青山固且矜。

互抱相拥结翠顶，千枝万叶护生灵。

终年与伴唯凉土，烈日寒霜不改形。

最愿清风盈遍野，枝摇叶舞唱欢情。

君不见天下之竹皆顽固，虽于艰苦而不顾，

愿得其所心力尽，换得花好百草青。

人常以竹赞检察，我言检察当此名。

清廉融在血，道义种于身。

硬气守公正，刚直树检魂。

忠诚为民记，立检为公铭。

寂寞艰困苦，职责终在心。

仗剑倚天除奸恶，雄辩天下护公平。

君可见检察院，众志成城同一愿，

尽职履责天下公，大道通天正气炫。

热血铸警魂　人民警察

怀化市洪江市公安局　杨学云

（二十八届　三等奖）

在群众心里，你举起一盏灯，点亮光明，不惧黑暗而前行；在百姓眼中，你深藏一把剑，守护正义，不畏邪恶而战斗。在人民身上，你胸怀一种情，无私奉献，人民的警察为人民！

多少个风雨昼夜，无形的罪恶之手，正敲碎着你，分秒中的宁静。职业的本能反应，让你刻不容缓，闪现大街小巷，奔忙山野林间。职责与担当，让你忘记了，炎炎夏日，忘记了，冰寒严冬。

　　金色盾牌的光芒，令歹徒心惊胆战。人民警察，追求是信仰，坚守是忠诚，牢记的是崇高使命。在岁月的长河里，抛洒着热血和青春，无怨无悔；在时代航程中，你心系人民，守卫平安；庄严的誓言下，绽放的，是你，无尽的光和热！

人民法官

邵阳市大祥区人民法院　饶群

（二十八届　三等奖）

小时候　法官是梦想

在伊甸园里想象　有着王侯般的气势

身着庄严的法袍　手持正义的法槌

行使无上的裁判权　心中充满向往

长大后　法官是职业

在实践中感受

头顶的国徽　是心中天平的符号

铿锵的法槌声　是严谨办案的写照

黑色的法袍　是理性裁判的象征

鲜活而又真实

一次次苦口婆心的调解

一个个字斟句酌的裁判

一趟趟风雨无阻的送达

一起起风尘仆仆的执行

留下了我们坚定的脚印

写满了我们心中的热爱

我们

用耐心　拉近事与事之间的距离

用温情　拆除人与人之间的藩篱

用温度　融化心与心之间的冰冷

用行动　阐释着无私奉献

用热血　谱写着公平正义

把铿锵脚步汇入司法征程

将金色年华融入悠悠岁月

这就是我们

人民法官

我们的行列

广州铁路公安局长沙公安处　谭湘琴

（二十八届　三等奖）

平平仄仄的枪声

在我们身后越走越远

可那为了母亲微笑的长歌

却没有唱完

我们的忠诚

宁静了都市和乡村

我们的壮烈

书写着一个个

染血的故事

在我们的行列里

有人化成山岳

化成山的巍峨

有人燃成火炬

燃成火的灼热

和平的鸽哨

在蔚蓝的天空中

不绝于耳

高速的列车

在笔直的钢轨上

平稳欢唱

平安是我们

执着的追求

那远去的背影

——送别一个英年早逝的警察

怀化市中方县委政法委　张文勇

（二十九届　三等奖）

他是父母的儿子

也曾拳拳孝心

带着老父老母

游遍海南北京

他是妻子的丈夫

也曾花前月下

许下山盟海誓白头偕老的诺言

他还是一个父亲啊

他多想挽着女儿的手

看着女儿穿着婚纱

走进婚礼的殿堂

他更是一个警察啊

在扫黑除恶走向收官

精准扶贫走向决胜的时候

他却倒下了

天色慢慢亮起来

我们在山坡上送别了他

他安睡在母亲的坟前

现在他就是一个普通的儿子

我想他们以后

可以细细叙述多年的离情

太阳渐渐升起

温暖的阳光洒满大地

我想此刻的他

也能感受得到

廉洁之喻

邵阳市双清区人民检察院　王谱江

（二十九届　三等奖）

廉洁是一棵苍天的树

深扎于土地　岿然屹立

投下一片荫庇

廉洁是一朵无形的花

种植在心田　悄然绽放

散出一抹芬芳

廉洁是一杯清香的茶

萦绕在齿间　沁人心脾

品出一丝淡雅

廉洁是一种无畏的信念

铭记在骨髓　不忘初心

显出一份担当

七律·缅怀"全国模范法官"周春梅

益阳市中级人民法院　李斌章

（三十届　三等奖）

湘水含悲噩耗传，惨遭谋杀痛心田。

一生司法为民献，全力担当替国捐。

不徇私情昭日月，秉持公正壮山川。

春梅凋落芬芳在，永驻人间泽后贤。

奔赴春天（节选）

—— 致敬最可爱的人

湖南省高速公路交通警察局邵阳支队洞口大队　陈泽杰

（三十一届　三等奖）

你是明月清风，山谷里的灯

吹过疲倦的脸庞，照亮皑皑白雪

让所有回家的路都不再魂萦梦牵

你像一个乐此不疲的陀螺

日日夜夜，步履驻驯

奔波在春运的每一个点

你可曾有过疲倦

冰天雪地间千里万里也不曾停歇

你可曾有过沸腾的熬煎

熟悉的家乡就在咫尺的眼前

我猜你一定煎熬过、疲倦过

但穿上了这身警服

你就永远不能再留恋人间的缱绻

警察的荣耀蒸腾着你向前，再向前

在雨雪濂濂里，起舞翩跹

七律·赞执行法官

张家界市中级人民法院　阳勇

（三十二届　三等奖）

清贫甘守度春秋，野漠孤村持剑游。

千案查询劳瘦骨，一心拼搏解民愁。

披星缉赖山坳处，沐雨追赃天尽头。

霜发无言知岁月，忠诚为党写风流。

七律·法官情思

岳阳市岳阳楼区人民法院　李卫东
（三十二届　三等奖）

青山秀水壮巴陵，判审常将法度萦。

亦效案头悬皓月，还从袖底送春风。

洞庭波涌清廉雪，楼记弘扬忧乐名。

心里时时难放下，分明肩上是公平。

七律·狱警情

湖南省岳阳监狱　康慨
（三十二届　三等奖）

初心使命奋征鸿，旰食宵衣化魅虫。

国法清源枯木润，暖心焐石万家融。

千金一诺难言孝，寸草春晖尽说忠。

七尺藏蓝天地立，神州蝶舞蔚东风。

西江月·交通警察

长沙市公安局交警支队　全浩

（三十二届　三等奖）

　　风雪归途护驾，阳光路上导航。只为大地保平安，一腔侠肝烈胆。

　　金盾热血铸就，铁肩大义担当。风尘仆仆志如钢，不负人民厚望。

山崖上的红梅

长沙市公安局　谭应林

（三十二届　三等奖）

走在冬天里

来时的脚步被荒草覆盖

湖中的水落到地面以下

最后只有浅浅的泥沼

供红梅呼吸

这样的日子总会在冷冽的大地上蔓延

肃杀中百草殆尽，天空中传来几声哀鸣

唯有"岁寒三友"这类人站在那儿，

或者说"战"在那儿！

百草沉默，沦为衰败

凌空的那几枝梅腾空而起

看去整座苍山

也变得雍容华贵起来

这是绽放中才拥有的姿态

孤悬在冬之山崖中的山花

钉在来访者的心上

如不是相遇怎么会相信

如不是来到怎么会相依

两树梅枝靠在一起时，近在咫尺，

又似远在天涯，同框同枕中，

相隔了数个季节。

回望着红梅

你才发现这是冬天对春天的无限倾诉

沉在深冬肩头

面朝着红色的春天稳稳地走来

临江仙·战友偶遇

娄底市公安局娄星分局　曾建龙

（三十二届　三等奖）

一别江城时久，关山梦里魂牵，黄鹤楼前自流连。

心中温岁月，倥偬夜难眠。

挥戈饮马南北，忽而星城相见，儒将风雅自超然。

沙场点雄兵，猛士啸狼烟！

七绝·法官

湘潭市雨湖区人民法院　王春桃

（十八届　新人奖）

头顶国徽有所思，定纷止诉理明之。

清廉如水堂中立，正气一身写史诗。

光荣与梦想同在

永州市公安局　蒋先兰

（二十三届　新人奖）

在黑夜中穿行

从晨曦中走来

面对穷凶极恶

你不曾退却

面对狂风暴雨

你不曾徘徊

人群之中

有对你的嘉奖

红绿灯下

有属于你的舞台

夜深人静

也有孩子的期待

一路的泥泞

一路的尘埃

你用忠诚

守卫着和谐

你的光荣

与梦想同在

歌颂政法工作

殚精竭虑为苍生

习近平总书记指出："必须牢牢把握社会公平正义这一法治价值追求，努力让人民群众在每一项法律制度、每一个执法决定、每一宗司法案件中都感受到公平正义。"[①]这既是对政法工作核心价值的深度概括，也是对政法系统工作的目标指引。全省政法系统在习总书记高屋建瓴的思想引领下，时刻践行政法工作的核心价值，积极探索更高更好更全面的政法工作新模式。

在社会的繁荣稳定中，政法工作是砥柱中流，发挥着至关重要的作用。它既是保障公民权益的坚固屏障，又是维护社会治安的强力后盾，同时也是促进经济发展和繁荣的基石。在这个充满变革和挑战的时代，政法工作的价值和作用愈发凸显，像一盏明灯，始终照亮着我们通向和谐稳定的道路。

此篇歌颂政法工作序，共收录新、旧体裁诗词共74首。政法战线的坚强战士纷纷化身诗词大家，写身边人、讲身边事，从公、检、法、司四个不同的角度同步诠释了政法队伍工作，字字深刻，写尽湖南政法战线数十载的雨雪风霜；句句铿锵，说尽湖南政法战线耕耘于法治建设的丰硕成果。

通读此篇，可以一览湖南法治建设的一角缩影，能从中读懂奋战在政法战线一线的斗士们的奋进精神，汲取进一步建设法治湖南、和谐湖南、发展湖南的不竭动力。

---

① 《公平正义是社会主义法治的价值追求》，人民网 2019 年 8 月 23 日。

湘检赋

湘潭市雨湖区人民检察院　姚恩明等人集体创作

（二十九届　特等奖）

　　天赐潇湘，雅承尧舜；水秀山清，鱼米之乡。惟楚有才，于斯为盛。湘女多情，秉蕙质兰心；湘男好勇，谓军中翘楚。昔红都检业初创，湖湘十俊鼎力；法随令出之日，为民其功渐全。伟勋彪炳，检史辉煌。

　　国是既定，宪纲当立；法为国之公器，检乃法之砥柱。惜弃检十载，法坠律落；幸中兴戊午，再擎尚方。纵陋室览卷，轻车勘疑；亦宵衣旰食，风雨兼程；铁窗讯案，公堂质证；断剑重铸，屡试新芒！

　　法行正义，检持公平。有吾湘检，深孚众望。首创渎侦，业内青目；先忧后乐，敢为人先！帐上帅有铁肩，麾下将无弱骨。巨蠹硕鼠，悉数伏法；扫黑除恶，再造乐安；罪辨是非，陆勇释狱；情挽幼蕾，未检呕心；护法担纲，百业兴旺。

　　检途峥嵘，犹有勇者搏浪；筚路蓝缕，励吾壮士前行！新田运周，抱疴尽瘁；道县玲玲，临危不惧；岳阳庆文，扶贫献身；重授殊荣，增彩添光。

　　壮哉！吾湘检人，破艰革难等闲，更兼荆棘雄关。跨入新时代，悟透新思想；闻司改肇鼓，呈效能气象；

推捕诉一体，显检察担当；立四大检察，明十项业务；
当公益护法，架和谐桥梁。

风习习兮湘水绿，雨淅淅兮麓山青。惟吾初心
不忘，上下只争朝夕。今撰斯赋，扬吾检威，凝吾检魂。
期与诸君，携手同心。齐弘检察之志，永铸磐石之安；
同圆强国之梦，共护发展之航也！

七律·狱警之歌

湖南省长沙监狱　万经伟

（十九届　一等奖）

高墙教改度春秋，探索躬行苦作舟。

妙手拔疑医痼患，奇招铸剑服顽囚。

一腔浩气甘霖润，遍地金光粲蕊稠。

警盾巍然心不已，豪情似火竞风流。

七绝·过监所外之见闻

长沙市公安局交警支队　刘首枚

（二十一届　一等奖）

万里长空云尽开，艳阳普照铁窗台。

高墙犹有春风度，教化声声入耳来。

沁园春·湘北交警

益阳市公安局　俞首成

（二十二届　一等奖）

湘北南洲，一马平川，坦道纵横。数往来车辆，风尘仆仆；城乡道口，警哨声声。洞察秋毫，严明法纪，整治宣传素质升。抓管控，看徽章闪烁，市井繁荣。

长街阔道安平，竞骏马奔驰热汗蒸。渐月沉斗转，丹心耿耿；寒来暑往，铁骨铮铮。气正风清，桥通路畅，箪食壶浆百姓情。舒长笑，乐满城灯火，万户康宁。

七律·人民法院公众开放日暨"天平"礼赞采风活动感赋

岳阳市临湘市人民法院　王子勋

（二十三届　一等奖）

高悬明镜鉴忠奸，大道公行着祖鞭。

利剑锋芒征腐恶，讼庭冷暖佑黎元。

亲民惯听萧萧竹，执法唯尊朗朗天。

好借罡风扬正气，披肝沥胆壮轩辕。

为共和国安稳添砖瓦

湖南省永州监狱　谭学军

（二十三届　一等奖）

思绪在心中涌动

情感在胸中奔放

我们是一群铁骨铮铮的热血男儿

一群英俊潇洒的监狱警察

迎着朝霞出发

披星戴月回家

爱心、责任、担当

传诵着新时期监狱人民警察的佳话

我们也有父母的念叨

也有妻儿的牵挂

只要穿上警服，披上戎装

念叨、牵挂只能放下

忠诚、睿智、信念

春去秋来，孜孜不倦

呕心沥血将一颗颗扭曲心灵点化

我骄傲，我是一名监狱警察

我在为共和国安稳添砖瓦

浪淘沙·澄玉宇

益阳市南县反邪教协会　刘曙光

（二十六届　一等奖）

雅趣品清茶，闲赏云霞；河山须作画图夸。

哪料妖风一旦起，扰我中华。

鬼魅画皮遮，蛊毒如花；忍看生命萎泥沙。

火眼千钧澄玉宇，一扫虫蛇。

五律·咏东安守护神

永州市东安县公安局　魏龙元

（二十七届　一等奖）

舜岭松涛涌，高歌守护神。

为民流血汗，除恶舍晨昏。

铁腕书宏愿，忠诚铸警魂。

巡逻步履健，亮剑净妖风。

七律·娄底公安举三千警力决胜百日会战

娄底市公安局　王建华

（二十八届　一等奖）

令出齐呼会战酣，三千誓约共来担。

寸心但使追逢比，斗胆何妨效李谭。

巷底寒贫偏洞晓，尘端枘凿未详谙。

山河守得多祥瑞，自有功推一抹蓝。

满江红·为扫黑除恶战果辉煌感赋

岳阳市临湘市人民法院　邓曙龙

（二十八届　一等奖）

狗胆包天，猖狂极，全民痛切。黑势力，公然犯下，滔天罪孽。霸市欺行谁敢怒！横行乡里无人说。叹村民，忍辱受欺凌，心流血。

保护伞，飓风裂。除黑恶，当坚决。赞中枢果断，犁庭扫穴。固本强基依法治，平安共建民欢悦。奏凯歌，处处锦添花，兴千业。

行香子·题大兴调查研究

益阳市人民检察院　刘建池

（三十二届　一等奖）

三月京城，袅袅东风。兴调研神会心融。衙斋觉浅，田舍无穷。问一声真，一声苦，一声浓。

萧萧风雨，芸芸枝叶。浩然襟早许苍穹。轻车尤记，泪洒焦桐。筑百年梦，千年计，万年红。

念奴娇·临湘法院喜评"全国优秀法院"感赋

岳阳市临湘市人民法院　邓曙龙

（三十二届　一等奖）

　　临湘法院，五峰下，一派风光旖旎。上下一心谋事业，执法公平正义。审执争优，天平焕彩，捷报频传递。蟾宫折桂，至高荣誉谁比？

　　借得授奖东风，励精图治，再创新佳绩。不忘初心和使命，誓把人民牢记。队伍清廉，惩邪除恶，心有浩然气。国级荣光，更当倍感珍惜。

诉衷情

邵阳市隆回县人民法院　屈成林

（二十一届　二等奖）

　　拿云壮志属吾曹，磨砺手中刀。狂风暴雨横扫，蝼蚁岂能逃。

　　千镒担，一肩挑，仰皋陶。镜悬头顶，身坐危台，威震云霄。

警车

岳阳市临湘市公安局　吕建

（二十一届　二等奖）

你

飞驰到天边

将黎明拉出东边的地平线

你默默地擦过万户千家

把甜蜜的梦境撒遍

你用你满身的绿

编织不衰的春天

路是无止境的谱线

你是不休止的音符

车轮奏着和谐的乐章

在晚霞和晨光里

飘远　飘远

国安断想·誓言永恒

湖南省国家安全厅　周华清
（二十一届　二等奖）

有一种情感　叫作忠诚

那是国安战士　对国家和民族的铁骨忠魂

历尽坎坷　始终不渝　流血牺牲　永远坚贞

有一种精神　叫作进取

那是国安战士　对人生和事业的不懈追寻

冒险犯难　绝不言败　披荆斩棘　永远前行

有一种素养　叫作精干

那是国安战士　对制敌和决胜的坚强保证

洞幽察微　化于无形　维稳保安　泰然若定

有一种操守　叫作慎独

那是国安战士　对党旗和国徽的玉壶冰心

龙潭虎穴　心系家国　灯红酒绿　牢记责任

有一种境界　叫作奉献

那是国安战士　对人民和社会的默默献身

舍身忘我　甘于无名　出生入死　誓言永恒

请为我骄傲

湖南省国家安全厅　周海奇

（二十三届　二等奖）

撷一缕南岳云

掬一捧湘江水

抚一回湘女石

背上行囊

我要远赴天山

火焰山　高昌城

白杨河　库木塔格

有了三湘的好儿女

有了援疆的好巴郎

母亲啊　葡萄架下洒满月光

我对你轻轻地说

请为我骄傲

坎儿井水漾着洞庭之波

湖湘大地品蕴西域之甜

八千里路不再阻隔

边疆建设发展和稳定团结有你有我

站在跨越式发展的旗帜下

援疆人啊　我要大声地说

请为我骄傲

满江红·囚子吟
——"监区文化周"活动赠服刑人员

湖南省岳阳监狱　张四海
（二十三届　二等奖）

窗外风疏，迷途恨、泪衣簌簌。伤疾首、望当空月，悔思情触。此际唯将亲友念，深更遥对家乡祝。犹心痛、欲报舐犊情，难为续！

回头岸，须自筑。遵教诲，严约束。斩心魔忤逆，放飞鸿鹄。立志图强重振作，莫言路漫宜从速。再起步、洗面做新人，迎朝旭！

陪你去追梦

湘潭市公安局　欧阳伟

（二十六届　二等奖）

人海茫茫来去匆匆，

我们能相遇就是缘分。

每一台车子都像我的孩子，

每一个路人都是我的亲人。

千里万里风雨兼程，

我们能记住每一次感动。

每一次停留都有我的牵挂，

每一次分手都有我的叮咛。

多少次过往熟悉又陌生，

心里的感觉遥远又亲近。

交警和群众就是一家人，

红绿灯下陪你去追梦。

我们有着同一个梦想，

一路平安一辈子安宁。

最持久的温暖（节选）
——致有温度的法律人

张家界市人民检察院　刘有仁

（二十七届　二等奖）

没有炭火的热烈　也就没有燃烧的激情

没有冰霜的冷傲　也就没有伤人的刀锋

你用朴素的外表　包裹起丝丝的温柔

融化了多少冰雪　胜过了无数火炉

你目睹　所有的冰雪

冻伤了别人　最终也毁灭了自己

你叹惜　太多的煤炭

温暖了别人　也迅速耗尽了自己

而你

无论被捧在心窝　还是被踩在脚下

你永远是你

不缓不急　不争高低

不改持久的温度

不改温暖的本质

江城子·一花开得九州香

常德市汉寿县司法局　鄢洁

（二十七届　二等奖）

　　一花开得九州香。美名扬，万年长。打造平安、堪比剑和枪。公正为民肝胆照，担重任，气轩昂。

　　社区矛盾早调防。解迷茫，化冰霜。夜半纷争、寒影跨平冈。晓理动情千百次，倾心血，又何妨。

鹧鸪天·玉宇清风

益阳市沅江市反邪教协会　曹建华

（二十七届　二等奖）

　　把盏西楼待月明，斜阳灿灿映山青。晚风轻拂微波荡，社会和谐诗意兴。

　　风景好，日安宁。岂容邪说再横行。昂然奋举千钧棒，尽扫妖魔玉宇清。

水调歌头·厦门收网行动

娄底市公安局　王建华

（二十七届　二等奖）

塘报起烽火，铁马度关河。气吞千万凶险，谈笑踏狼窝。独愧幽思遥怨，屡把归期怠慢，人谓所求何？但愿白头忆，今岁未蹉跎。

近天命，霜凌鬓，抱微疴。素笺会意，犹可酣战引雕戈。懒顾功名尘土，静听宾鸿倾语，宿志岂消磨。客舍就清月，酬唱大风歌。

七绝·为民执法竞风流

岳阳市临湘市人民法院　沈顺舟

（二十七届　二等奖）

劈波斩浪济同舟，保驾护航争上游。

改革欣圆中国梦，为民执法竞风流。

七绝·夜巡口占

株洲市公安局　宋伟明

（二十七届　二等奖）

湘堤纵步晚风轻，灯火万家江水明。

莫道深情人未识，夜阑化作满天星。

七绝·元宵安保口占

株洲市公安局　宋伟明

（二十八届　二等奖）

万里东风明月高，九州灯彩竞妖娆。

人民警察多奇志，铸盾平安任苦劳。

沁园春·初心不忘检察人

岳阳市湘阴县人民检察院　萧萧

（二十八届　二等奖）

　　检察精英，铸梦罗城，爱洒乡中。看扶贫精准，盈盈笑语。扫除黑恶，正气清风。绿水青山，人居环境，常听孩童唤世翁！入村镇，任荆棘杂乱，窄道泥穷。难思往复秋冬。

　　实无奈，几时曾务农。为乡亲父老，兼程风雨，初心不忘，使命为公。长路漫漫，真情切切，热血填膺得始终。才握手，又回眸几度，一笑星空。

审判公平赋

邵阳市隆回县人民法院　欧阳流长

（二十八届　二等奖）

职不在高，有德则名。

权不在大，有法则灵。

斯是公仆，清正廉明。

伸张正义，忠诚为民。

不办人情案，莫取私利经。

事实是依据，法律为准绳。

无虚假乱平，无偏听言行。

开庭辩证法，担当包终身。

旁听群众曰，审判好公平。

战歌二首

长沙市国家安全局　任海秋

（二十九届　二等奖）

其一

一帘月色一江秋，白鹭悠悠橘子洲。

战罢归来先煮酒，七分醉后拭吴钩。

其二

策马踏星光，零陵战未央。

龙泉寒月影，豪气满潇湘。

幸有所爱　不畏山海

湘西自治州古丈县人民检察院　李佳佳

（三十届　二等奖）

写首短歌

送给身为司法警察的自己

凭栏倚唱不回首

一句写警服

那是从朗朗长空中蘸下的蔚蓝

是检察凛然擎剑时身后的戎装

阵列端正　铠甲声声

二句刻承诺

那是从检察誓词中提取的忠诚

是右手划过耳际时铮铮的誓言

跨越江海　响彻山谷

三句颂行动

那是从无穷热血中迸发的力量

是一声令下时争先恐后的请战

不顾生死　无畏逆行

四句记珍惜

那是从天际破晓中收集的暖阳

是浮云遮目时大张旗鼓的热爱

直挂云帆　乘风破浪

我见过你（节选）

衡阳铁路运输检察院　徐菁

（三十届　二等奖）

我在调查取证的路上见过你

你面露刚毅的神色，果断地对我说：

一定要把每个案件都办成铁案！

那时的你正办理一个绑架案

被告人狡辩：我可没绑架，只是带孩子玩几天

证据有缺失，怎么办？

你立即赶往发案地

寻踪觅迹补证据，披星戴月细勘查

终于，把案件中的所有疑点都排除了

犯罪分子被绳之以法

我在检察院的办案指挥中心见过你

你挺起笔直的脊梁，响亮地对我说：

打击犯罪就是我们的使命！

面对一条条举报线索

你绝不放过任何蛛丝马迹

面对一个个犯罪分子

你不畏艰险依法严查到底

你守护青山绿水，奋战在抗疫一线

迎难而上，冲锋在前，责任大如天

我在庄严肃穆的法庭上见过你

你凝视胸前的检徽，郑重地对我说：

公正就是法的生命！

办案中你第一次遇到零口供黑恶势力案件

有人劝你别硬着头皮撞南墙

作为法律的忠诚守卫者

你拨开重重迷雾，辨微析疑

在法庭上善谋智勇、较量周旋

终于使被告人认罪伏法，如实供述

我见过你

身着检察蓝，胸佩闪亮的检徽

栉风沐雨一路走来

数十年时光流转，数十年检察岁月

你依然神采奕奕，步履坚定

薪火相传，春华秋实

你就是我，是我们，是每一名新时代人民检察官

记忆中最美的定格！

守望正义一片天

湖南省人民检察院　江世炎

（三十届　二等奖）

不是乌云都能遮住天

不是夜晚都那么漫长

有一群人，有那么一群人

头顶国徽，胸怀检章

向乌云挺身走去守望阳光

虽然正义不是都能及时到场

虽然交锋不是都会马上云散

有一行人，有那么一行人

虽然平凡，却很伟岸

案积如山托起似水的夜晚

一枚检徽，就是人们的日月星辰

一次办案，就会点燃了正道沧桑

有一群人，有那么一群人

心怀公正，大义在肩

何时何地都似红旗迎风飘扬

头顶蓝天，守望阳光

有一行人，有那么一行人

行如火炬，自带光芒

匆匆的足音响彻天和地

弹奏出一曲曲不朽乐章

你们以爱和法律的名义

铺就一条公平正义的路

你们用不错不漏不纵不枉

守护着人民心中的每片天

政法之歌响彻四方

怀化市委政法委　杨岩清

（三十一届　二等奖）

从西伯利亚，从北国边疆

穿越千里冰封的林海茫茫

走过草原，翻过山梁

跨过滚滚奔腾的黄河长江

啊　政法之歌正响彻四方

忠诚、干净、担当

维护安全，稳定一方

扫黑除恶，除暴安良

披荆斩棘，迎难而上

勇往直前，英勇顽强

信念坚定，声音铿锵

五星红旗正在前方迎风飘扬

从塞北高原，从漠河龙江

飞越万里长城的威武雄壮

走过平原，翻过高冈

迈向风景如画的江南水乡

啊　政法之歌正响彻四方

忠诚、干净、担当

匡扶正义斗志昂扬

维护公平热情高涨

人民利益至高无上

执法为民无限荣光

立场坚定，回声铿锵

五星红旗正在前方迎风飘扬

护法女神

—— 献给英勇牺牲的女法官周春梅同志

湖南省高级人民法院　吴正祥

（三十一届　二等奖）

你是来自血色湘西一朵傲雪凌霜的红梅

酒窝溢美温婉　倩影散发寒香

用忠诚铸就天平　用热血描绘青春

怀揣法官梦绽放在法苑园地

激活求助者的期盼

点燃渴望正义的心灵

视信仰为荣耀

惜法律胜过生命

亲情面前不手软

友情缠绕不眼迷

金钱诱惑不心动

人情干扰对你而言苍白无力

因为你心中有座不倚的天平

你是护法卫士

公正公平的化身

树正气清风扬

无畏守清廉

邪恶能毁青春年华

却扑不灭燃烧的理想

你用生命承诺捍卫了法律的尊严

你血染法袍舍己护法魂

化身利剑、法槌

守护着圣洁的法治天地

星星划落闪烁一道霞光

花朵凋零散发一缕幽香

你是蓝天永恒的星光

你是盛开永不凋谢的春梅

卜算子·津监新貌

湖南省津市监狱　鲁盼来

（三十二届　二等奖）

春燕舞青园，白鹭湖边憩；澹水涔河画里游，暖警贴民意。

才把疫情消，又再新功辟；笑看风云幻际时，已是新天地。

七律·执行吟

岳阳市平江县人民法院　彭剑波

（三十二届　二等奖）

执行干警颇艰辛，兀兀穷年何奋勤。

涉水跋山无怨悔，动情晓理有婆心。

岂堪裁判沦空卷，焉许赖皮隐赤金。

法令森森逾九鼎，民安国泰沐晴春。

七律·赞沅澧安澜　五打五整

常德市桃源县公安局　孙文斌

（三十二届　二等奖）

春来沅澧起罡风，万警齐发势如龙。

斩断街村违法事，剿除巷陌乱安痈。

甘将百苦留长夜，只为千家守笑容。

三月花开君莫怠，坚持常态竞全功。

定风波·接访

邵阳市中级人民法院　曹国华

（三十二届　二等奖）

未露晨曦客满堂，小楼深院锁容妆。老弱挈

扶轮椅上，前往，申诉立案有专窗。

千里归来心态好，微笑，多方开解已安康。

何必带仇传后代，关爱，让人三尺又何妨。

七绝·秋夜抒怀

湖南省坪塘劳教所　毕凯

（十九届　三等奖）

秋风萧瑟雁声残，黄叶飘窗映月寒。

几度披衣中祖起，只为社稷保平安。

摊破浣溪沙·民事行政检察干警

张家界市人民检察院　吴晨
（十九届　三等奖）

行遍山村与小城，一支钢笔采民情。一事心头常记挂，为民生。

阅卷查冤争抗诉，诉赔为国保康宁。愿以此身为砝码，稳天平。

七绝·咏反邪教

湖南省委610办　柳鄂鸿
（二十一届　三等奖）

法轮常转欲迷魂，乱语胡言起妖风。

妄想翻天多险恶，驱邪匡正保安宁。

在路上

长沙市长桥劳教所　陈德光

（二十一届　三等奖）

忠诚的路上，可能是匪夷所思的猜测，

然而却能收获无尽的雨露、阳光。

为民的路上，可能是意想不到的艰辛和寂寞的忍耐，

然而却能收获甘美的清泉和泥土的芬芳。

公正的路上，可能是黑与白的较量，

然而却能收获胸中的坦荡。

廉洁的路上，可能是一生清贫，

然而却能收获春花、秋实的宝藏！

忆

湖南省公安厅交警总队　宋冬飞

（二十二届　三等奖）

九月的校园

光灿灿

风悠悠

你是一朵轻飘的白云

我是紧随的风

你说

风把我绕紧些呀

我说

白云你是我一生的守候

就在那个清爽的春夜里

轻风无息

茉莉花初开了

我说吻你不长

就一生

你的微笑你的容颜

正如山花灿烂

雪莲纯美

从此

常伴我的甜梦

我努力搜寻

那些美丽的记忆

值得为你

再活一回

因为我是狱警

湖南省德山监狱　张学和

（二十二届　三等奖）

夜

是如此这般寂静

唯有墙上的挂钟

还在均匀地发出嘀嗒嘀嗒的响声

可枕下的手机哟

仍旧无奈地将你从睡梦中摇醒

没有洗漱　没有开灯

甚至还没有整理好身上的警服

你便偷偷地溜出了家门

去追寻一个梦想

去承担一份责任

在春天，是层层的薄雾

护送你顽强出征

在秋夜，是满地的落叶

在为你一路护行

在冬季，厚厚的积雪

让你最先留下一串坚实的脚印

在夏天，东升的太阳

最先照耀你蒙眬的眼睛

亲爱的战友

你该是多么的幸运

走过的每一个春秋冬夏

都是那么豪迈，那么坚定

忠诚是你的品格

为民是你的决定

公正是你的追求

廉洁是你的本分

要问这是为什么

你骄傲地说

因为我是狱警

检察颂

邵阳市隆回县人民检察院　周巧娟

（二十三届　三等奖）

权势不能让我将头垂下

诱惑不能让我把腰弯曲

阳光下我苍翠刚劲

铮铮铁骨铸就赤胆忠心

也曾在静夜里寂寞地歌唱

也曾在黑暗里痛苦地拔节

我的心永不畏惧

满腔赤诚谱写勇往直前

不是因为骄傲　才独自在寒风中挺立

不是因为清高　才不穿那五彩外衣

我是那钢铁战士　一片丹心吟唱浩然正气

每一片树叶都像利剑

每一种姿势都是战斗

每一声呼喊都如春雷

每一句歌声都唱和谐

我的梦想离蓝天最近

让公平正义普照人间

七律（新韵）经侦办案

娄底市公安局　王建华

（二十三届　三等奖）

吴刚倦卧桂枝西，几度通宵眼未眯。

账簿如山揪巨蠹，金睛似火辨妖狸。

忠魂舞动金箍棒，碧血浇成防蛀堤。

一片冰心何处觅？南征北战马扬蹄。

调寄《临江仙》

——隐蔽战线斗争感怀

湖南省国家安全厅　陆玉平

（二十三届　三等奖）

不露行藏谁肯信，至今甘愿无名，绝对忠诚座右铭，一心图报国，矢志保安宁。

芙蓉国里春来早，只疑浪静风平，无形黑手浊波兴，几时能授首，看我咋犁庭。

眼

株洲市天元区人民检察院　罗倩妮
（二十三届　三等奖）

拨开层层迷雾，

闯过道道难关，

一双慧眼化身利剑。

指向苍穹，

涤荡世间罪恶。

擎起蓝天，

闪耀人间正义。

七绝·监狱老警察群众路线学习素描

湖南省吉首监狱　杨通云
（二十三届　三等奖）

矢志高墙霜染鬓，清风侍座倍提神。

为教肩上银星熠，长举心中月一轮。

十六字令·干部选拔

湖南省茶陵监狱　许剑修

（二十五届　三等奖）

官，本是人民公务员。为信仰，清廉不可贪。

官，奋斗勤劳不空谈。勤是根，拼命心也甘。

官，专业职能知识宽。能力强，上下皆称赞。

官，造福一方敢承担。论绩效，百姓都开颜。

官，干部选贤严把关。中国梦，辉煌更灿烂。

雪峰长征路

湖南省公安厅交警总队高警局　陈泽杰

（二十五届　三等奖）

大雁乘着西风　翱翔于雪峰天际

江水顺着河岸　流淌于崇山峻岭

冬天层层的雪　覆盖在茫茫山间

是多少汗水凝结　凿就这雪峰通途

这是一条

神奇的高速公路

连接着祖国的

上海与云南

川流不息的车流里

一个个高速交警的身影

闪耀在　繁忙的高速路上

世人都会铭记

红军的二万五千里长征在雪峰山下

我们又开启新的征程

披星戴月　沐雨栉风

我们肩挑着沪昆高速的安危

我们守护着雪峰山下的平安

你的未来，我的担当（节选）

—— 武陵监狱迁建筹备誓师大会朗诵词

湖南省武陵监狱　李沁霖

（二十六届　三等奖）

十年饮冰，难凉热血

我们是寂寞孤独的坚守者

背负历史的沧桑

拥抱时代的气场

纵然两鬓已霜

我仍要放声高呼

武陵监狱

你的未来，我的担当！

沉默高墙，四方电网

我们是崇法重德的践行者

挽回迷途的浪子

点亮熄灭的烛光

纵然荆棘蛮荒

我仍要放声高呼

武陵监狱

你的未来，我的担当！

高举右手，誓言激昂

我们是捍卫忠诚的格斗士

心怀鲜艳的党旗

胸带耀眼的徽章

纵然惊涛骇浪

我仍要放声高呼

武陵监狱

你的未来，我的担当！

七绝·心系稳定

常德市汉寿县司法局　彭竹桃
（二十六届　三等奖）

人民调解一枝花，矛盾纠纷抓蘖芽。

酷暑寒霜何惧苦，社区稳定众人夸。

青春检察梦（节选）

湘西自治州永顺县人民检察院　汪璇
（二十六届　三等奖）

有人说青春是一首歌

他弘扬着一身正气捍卫法律尊严

有人说青春是一本书

他书写着一腔热忱维护人民利益

有人说青春是一团火

他燃烧着一种信仰践行公平正义

有人说青春是一面旗

他指引着我们实现着青春检察梦

办公桌前青春在奋笔疾书

案卷堆里青春在明辨秋毫

提审现场青春练就火眼金睛

公诉席上青春展示雄辩滔滔

风霜雪雨中我们在疾行

灯火阑珊时我们在夜归

我们传承的是前辈们的无怨无悔

我们发扬的是前辈们的无私无畏

立检为公　执法为民

那是我们的灵魂和脊梁

剑指苍穹　擎起蓝天

那是我们的情怀和梦想

五月，我们在执行的路上（节选）

常德市安乡县人民法院　何俊

（二十六届　三等奖）

五月，我们在执行的路上

怀揣着法律文书　承载着沉甸甸责任

时刻把良知放在心上

多少弯曲泥泞小道

多少狂风暴雨

多少无助焦虑

我们且歌且行

为了公平正义

于是，我们一次次读懂了

什么叫将公正铸进国徽

清晨，我们同小鸟一同醒来

傍晚，我们披霞彩入眠

光荣啊，我们是人民法院的干警

任何艰难险阻都阻挡不了行进的脚步

我们的信念和理想横亘时间和空间

为了心中的目标永不停息地前进

听见

怀化市沅陵县公安局　杨新才
（二十六届　三等奖）

我听见大雨倾盆

听见房屋垮塌

听见大桥被撞击

听见大堤呻吟

听见锅碗瓢盆的漂流

听见婴儿啼哭

听见无助的眼神

我听见勇士的告别

听见决绝的背影

听见深夜里坚定的守护

听见午后平静的鼾声

听见宽阔肩膀下的沉稳

听见灯火照亮洪流

听见人定胜天

我紧贴大地

听见一条河的咆哮

听见一个声音在回答

听见一座座城市的坚挺

行进在司改路上

郴州市安仁县人民检察院　凡浓雨

（二十六届　三等奖）

破晓的晨曦惊醒中国一夜的安宁

改革的号角弄响新日的平静

清风吹开金色的轴卷

司改的脉络逐渐清晰

公平正义的信仰雕刻进时光的年轮

阳光铸成司法的护壁

公开和监督的触角延伸至权力运行之地

水墨勾勒法治图景

铿锵的脚步叩响岁月的汽笛

前进的步伐接受改革指引

中华儿女自发肩负起光荣的使命

砥砺前行

时代的主题去旧迎新

司改的大船于改革之潮中稳稳航行

奔腾的血液流淌在五千年历史的长河

从无止息

七绝·赞司法为民

常德市汉寿县司法局　彭竹桃

（二十八届　三等奖）

善调巧解化纷争，循理酌情和气生。

抑暴安良扬正义，法援弱势显公平！

七律·衡定天平掌法槌

岳阳市岳阳楼区人民法院　李世波

（二十九届　三等奖）

曲直方圆断是非，秉公何惧九重围。

弘扬绳矩千条理，不负人民一品威。

规正家安扶道义，律清国治举镰锤，

胸藏经纬悬明镜，衡定天平掌法槌。

七绝·赞法律援助

常德市汉寿县司法局　刘健健
（二十九届　三等奖）

弱势维权出律章，无钱尽管上公堂。

庭前自有天平在，援助亲民到万乡。

我们巡逻在铁道线上

衡阳市衡南县委政法委　李气章
（二十九届　三等奖）

铁轨伸向远方，

我们巡逻在铁道线上，

披上朝霞戎装，

送别雷电夕阳，

我们修栅栏，保通畅，

让声声汽笛清脆悠扬，

把幸福送到祖国的海角边疆，

我们就笑得星光灿烂。

列车奔向前方，

我们巡逻在铁道线上，

守望星辰月亮，

陪伴林影山冈，

我们护桥涵，清路障，

让滚滚车轮快速欢畅，

把和谐送到祖国的四面八方，

我们就乐得山花烂漫。

啊，我们是铁道护路队，

风里雨里把铁道丈量，

放弃了多少离乡拼搏的希望，

放弃了多少亲朋团聚的甜香，

守护平安是我们的担当，

助力时代梦想我们无上荣光。

继往开来

长沙市公安局特巡警支队　黄薇

（三十届　三等奖）

我在人群中看你走来

带着信仰的曙光

一路坎坷万水千山

一路荆棘无惧风雨

一路奋进乘风破浪

一路高歌唱响中国

拨开云雾日出东方

用人民至上铸就百年风华

我在人群中跟你前行

带着信仰的光芒

一身倔强步履坚定

一生热爱初心不改

一身墨蓝薪火相传

一生忠魂敢为人先

浓墨重彩无悔誓言

用人民至上赓续百年梦想

高墙内，你用大爱书写忠诚

湖南省女子监狱　刘小玲

（三十届　三等奖）

你，你们，是警花

是姐妹，是妈妈，也是女儿

当逆行的集结号吹响——

来不及整装，来不及告别

你们已踏上征途

突然封闭，你也会噘嘴

舍家别子，你也会哭泣

压力山大，你也会累倒……

但职责所在，“疫”无反顾

铿锵玫瑰不让须眉

岂曰无衣，与子同袍

“女监出征，战疫必胜”

“90 后”姐妹纷纷递交请战书

踊跃援鄂，共克时艰——

苍穹下，我们共饮一江水

"若有战，召必回"

这二年，14+14，7+7，7+14+N

成了狱警的特别"密码"

待，他日天蓝新冠灭

逆行的警服蓝，蓝过蓝天

我们的检察梦（节选）

长沙市天心区人民检察院　李龙刚

（三十一届　三等奖）

有时，

我们会上错车，

去往一个陌生的地方；

但我们依然微笑，

朝着那轮执着而永不迷失的太阳。

有时，

我们会穿着亮丽的衣裙，

却找不到一双欣赏的目光；

但我们歌声依旧，

依旧去唱响那公正文明的前方。

常修为政之德,

常听百姓之声。

无私奉献是一片盎然的风景

廉洁自律就是点点星光……

我们耕耘、我们浇灌

　我们收获、我们歌唱!

没有满腔热情的初心,

融入不了检察人的目光;

没有奋争和不屈,

挺立不起检察人的脊梁!

只有执着和勤奋是一颗颗星辰,

被我们数着数着,

数到了天亮……

每一个案子,

每一双踏遍山川的脚步,

都是光荣和梦想连缀起来的激扬!

我一直在这里 _{（节选）}

湖南省郴州监狱　李飞万

（三十一届　三等奖）

我一直在这里

在人民警察队列里，踔厉奋发

在维护社会稳定里，身先士卒

在华夏大地上，巍然屹立

我一直在这里

守护是我的职责，净化是我的使命

细雨和风渡浪子，雷霆万钧惩冥顽

我一直在这里

在每一个普通的日子里

甘于奉献，勇于担当，忠于职守

我把韶华奉大墙

平凡岗位写辉煌

七律·致敬第二个人民警察节

——致敬最可爱的人

益阳市公安局交通警察支队赫山大队　李建章

（三十一届　三等奖）

熠熠徽章伴赤缨，精诚尽职薄功名。

巡逻岂畏风和雨，值守何忧棘与荆。

救死扶伤担道义，安良制暴见忠贞。

欣逢令节期年至，不负光阴不负卿。

沁园春·宁乡检院奋进远航

长沙市宁乡市人民检察院　李冬

（三十二届　三等奖）

西傍沩山，东襟湘江，玉潭新康。览楚沩胜景，枫红密印；千佛幽绿，沩水流觞。碳河遗址，方尊四羊，历蕴千年青铜乡。觐此地，更十步芳草，俊士轩裳。

宁检奋进远航，倡法治与日月同光。秉客观公正，惩恶扬善；民胞物与，亦有柔肠。臣心如水，淡泊名利，检院清风更激扬。新时代，守初心使命，亮检徽章！

临江仙·调解感悟

永州市零陵区人民法院　雷显非

（三十二届　三等奖）

　　进室五陈杂味，揣摩各自表情。人生注定路难行。心中常友善，处事须诚真。

　　假若初心失去，何来世事公平？调解体谅呈温馨。阴阳皆有错，黑白必分明。

鹧鸪天·"枫桥"路上

常德市桃源县公安局　邹方球

（三十二届　三等奖）

七秩峥嵘警气豪，"枫桥"载誉路迢迢。
情融法理时时秉，汗洒荣光代代昭。
徽灿灿，盾骁骁。悬规仗剑斩魔妖。
丹心一片盈桑梓，号角征程再领潮。

"家户长"调解员礼赞（节选）

邵阳市武冈市司法局　欧德柱

（二十一届　新人奖）

也许你是一位社区大妈

也许你是一位山里老爹

你德高望重憨厚和谦

你古铜色的脸上

刻着坚定的信念

你不用投票竞选

老百姓的信任是关键

你手提旱烟袋　　脚穿布鞋

走了东家串西院

你的出现

让反目成仇的夫妻　　重新言欢把手牵

你的出现

让多年"冤大头"的邻居　　解开心结

你的出现

让不赡养父母的逆子　　手捧热茶

来到双老床前　　怯怯地叫着娘和爹

家户长调解员

你不是诗人

却写下多少化干戈为玉帛的诗篇

你不是作曲家

却谱下人间多少悦耳五线

你不是专职人民调解员

却"越俎代庖" 有一分光发一分热

其实，你是一泓清泉

细流涓涓

悄悄滋润人们的心田

法治·追梦（节选）

常德市石门县人民法院　向军

（二十一届　新人奖）

明净的天空，何时布上淡淡阴霾

那一片乌云，是谁在用力拨散

通向理想法治的道路，那般崎岖蜿蜒

又是谁，坚定信念从不畏难

是你，在通往理想法治的追梦路上

面对无数误解与诱惑，坚守不尽孤独与清贫

历经成千纷争，化解上万矛盾

只求驱除不平阴霾，遍洒公正阳光

你，是公平的化身，是正义的使者

作为执掌法律的国王，你执法必严违法必究

持法律作强兵利刃，辨是非曲直

作为法律忠诚的卫士，你适用法律坚守原则

以法律为强大后盾，扬浩然正气

漫漫法治路

你，是一个默默的追梦人

追梦，你忘了苦与乏

追梦，你丢了名与利

追梦，你忽视了亲与情

纵岁月不解风情

磨平你追梦的锐气，侵蚀你追梦的双脚

而你，依然追随梦想，守住社会正义的最后

T形大楼的灯光

——献给反贪干警的赞歌

益阳市人民检察院　尹立

（二十一届　新人奖）

我喜欢宁静　尤其是夜的宁静

可以安抚躁动了一天的心灵

也可以徜徉在书的海洋

还可以感悟春芽的成长

聆听秋虫的呢喃……

在这静谧的夜

我常常漫步在

T形大楼四周的林荫道上

与美丽的夜色有个约会

夜在一分一秒地老去

此时此刻

天上的星星累了　地上的灯火稀了

然而

T形大楼里的灯光

却依然是那么的璀璨

我深信

又一个腐败蛀虫必将被你们制服

T形大楼的灯光就这样不知疲倦地亮着

若是有人来问我

他们什么时候熄灯呀

我将骄傲地回答

那必定是在东方拂晓的时候

因为

我们的反贪干警

还要披着清晨的第一缕阳光出发

向着胜利的彼岸

出发

呵　亲爱的战友

我们反贪战线的检察官

银城政治清明的守护神向你们致敬

向你们致以最崇高的敬礼

七律·反邪教斗争感怀

永州市新田县委 610 办　何昕
（二十一届　新人奖）

致力反邪岂等闲，未兴枪炮胜硝烟。

有毒歪理坊间肆，无道狂徒海外连。

教转何辞倾肺腑，要挟不惧镇凶顽。

忠诚铸就文明盛，试看神州步履坚。

你的泪我的痛

湖南省桂阳监狱　段亚峰
（二十二届　新人奖）

分离一千多个日日夜夜

今日握住你的手

凝视因思虑而憔悴你的面容

愧疚再一次涌上心头

别后每一个日夜

悔意时时伴我左右

恨当初无视你的劝阻

从此踏上难归路

回望天伦　其乐融融

笑意盈盈的你

无忧亦无惧

多么希望一切只是梦一场

历经磨难见真情

纯情的你依然如故

渴盼浪子回头是岸

帮教路上你风雨无阻

相聚时刻如此短暂

你滑落的泪炙伤了我的心

你的泪我的痛

早日回归擦去你的泪痕

心中的天平

邵阳市大祥区人民法院　曾盼

（二十三届　新人奖）

一支笔写尽人间沧桑正道

一杆槌敲尽世间恩怨情仇

法官你似独行的侠客

于黑暗中播撒正义的火种

以一颗高洁、无私的心

寓居于世

也像一位诗人

将手中的判笔化为达摩克利斯之剑

斩断邪恶　树立道德的标尺

不懂你的人

发出对你恶毒的攻击和诋毁

你却以一颗博大的心

宽容外面的狂风冷雨

请你告诉我

你是以怎样的仁慈

在一刹那

化解所有的波澜与骚动

你说在你的心底

有一架正义的天平

歌颂抗日
抗美援朝

驱倭御侮总同仇

抗日战争和抗美援朝，是发生在共和国诞生前后的两件重大历史事件，是党带领中国人民，为了实现和捍卫民族解放、国家独立，作出了巨大努力、付出了巨大牺牲，在极端困难的条件下取得的伟大胜利。彰显了真理光芒，壮大了正义力量，展示了中国人民不畏强暴的钢铁意志，形成了以"天下兴亡、匹夫有责的爱国情怀，视死如归、宁死不屈的民族气节，不畏强暴、血战到底的英雄气概，百折不挠、坚忍不拔的必胜信念"为主要内容的抗战精神，和以爱国主义、革命英雄主义、革命乐观主义、国际主义、革命忠诚精神为内核的抗美援朝精神。

天地英雄气，千秋尚凛然。习近平总书记强调，"伟大的抗战精神，是中国人民弥足珍贵的精神财富，永远是激励中国人民克服一切艰难险阻、为实现中华民族伟大复兴而奋斗的强大精神动力。""伟大抗美援朝精神跨越时空、历久弥新，必须永续传承、世代发扬。"在党的领导下，一代代湖南政法工作者接续传承伟大抗战精神和抗美援朝精神，全力履行维护国家政治安全、确保社会大局稳定、促进社会公平正义、保障人民安居乐业的职责使命，谱写了中华民族伟大复兴中国梦的政法篇章。

在这个过程中，广大政法工作者通过创作诗词楹联的形式，来缅怀先烈、传承精神，讴歌时代、赞颂辉煌，抒发胸臆、激发斗志。本章收录的41首诗词，即是其中最具代表性的优秀作品。这些作品，有的在回顾苦难中重温初心，有的在品味奋斗中彰显价值，有的在比兴思辨中考量人生，还有的在新时代的实践中讴歌奋斗。

抗日战争胜利七十周年感怀

湖南省人民检察院　张树海

（二十四届　一等奖）

铭记历史，以史为鉴，

忘记过去，意味背叛。

九月十八，东北沦陷，

七七事变，中日开战。

中华奋起，抗战八年，

艰苦卓绝，历史罕见。

纪念胜利，思绪万千，

血泪斑斑，重现眼前：

日军横行，人民涂炭，

掳我财富，毁我家园，

千万生命，惨遭劫难，

切肤伤痛，岂可不念！

承前启后，裕后光前，

缅怀英烈，重振河山。

强国之路，经济发展，

改革开放，以邻为善，

"一带一路"，启程扬帆，

和平发展，世人称赞。

当今世界，复杂多变，

霸权横行，人民不安，

亡我贼心，处处显现，

网罗仆从，挑唆争端，

结链围堵，不可小看。

中华同胞，切莫等闲，

居安思危，强军备战，

森严壁垒，枕戈待旦。

今日中国，已非从前，

敌敢入侵，来者必歼！

中华儿女，奋力争先，

圆梦百年，盛世再现。

六州歌头·纪念辛亥瞻仰黄兴

湖南省未成年犯管教所　李正言

（二十届　一等奖）

百年辛亥，岁月去匆匆。硝烟杳，阴霾散，谒黄公，仰高风。剑气吟声壮，雄无敌，驱胡虏，捐家舍，纾国难，气如虹。血溅黄花，更旗扬鄂水，力撼清宫。待乾坤转，谦让不矜功。霁心胸，耀苍穹。

念英魂壮，麓山墓，长松护，剑摩空。名与利，何足道，突樊笼，慕高崇。追溯中华史，学先辈，继英踪，除腐恶，扬美德，护春红。最是繁华街市，矗铜像，气度雍容。使行人到此，恍听市嚣中，大吕黄钟！

五律·南京大屠杀遇难同胞纪念馆

湘西自治州国家安全局　许振庆

（二十四届　一等奖）

遗址残阳下，青松剑戟横。

落霞千里血，曝骨万人坑。

壁附冤魂满，碑雕醒眼明。

警钟回荡处，亮剑望东瀛。

江城子·访南县厂窖惨案纪念馆

益阳市中级人民法院　李斌章
（二十四届　一等奖）

血仇惨案怎能忘！小东洋，逞凶狂。杀我同胞，沃野变屠场。"绝户堤"中悲绝户，行兽性，丧天良。

斑斑血泪痛肝肠。看豺狼，又嚣张。咧嘴龇牙，军国死灰扬。磨快刀枪增国力，齐警惕，抗强梁。

沁园春·黄河随想

湖南省未成年人犯罪管教所　李正言
（二十二届　二等奖）

一往无前，万里奔腾，激荡洪波。忆《黄河》一曲，回旋华夏，抗倭八载，慷慨悲歌。赶考京华，为民执政，黄土情深哺乳多，河清日，喜红旗招展，绿树婆娑。

滔滔岁月流过，叹多少兴亡付醉哦。甚改朝换代，成王败寇；乾旋坤转，伏虎擒魔。尽扫尘霾，重开愿景，一泯恩仇天下和。沧桑老，盼神州梦美，慰母亲河！

七律·纪念左宗棠诞生二百周年

岳阳市岳阳楼区人民法院　姜彬

（二十三届　二等奖）

焚香醇酒祭堂前，遥忆文襄二百年。

抬木亲征寒敌胆，制夷奏凯靖疆边。

西陲柳绿风沙定，东阁灯残日月悬。

南海纷争今又起，驱魔重启左公鞭。

七绝·同仇敌忾

郴州市资兴市农经局　陈武

（二十四届　二等奖）

山河遍染同胞血，国共官兵斗顽贼。

战壕脚底华夏根，岂容寇盗剪枝叶。

七绝·南岳忠烈祠前凭吊抗日英烈

长沙市公安局交警支队　刘首枚

（二十四届　二等奖）

欲觅英灵万壑空，蓦然回首故林中。

杜鹃犹染先驱血，映得山河别样红。

七绝·闻东瀛女拜谒南岳忠烈祠有作

湖南省公安厅　李文勇

（二十四届　二等奖）

谁祭英灵把树栽？素衣担水上高台。

婵娟原是东瀛女，祈盼和平赎罪来。

七律·纪念抗日战争胜利七十周年

湘潭市雨湖区人民检察院　庞宇

（二十四届　二等奖）

东洋恶寇虎狼行，掳我中华万里城。

血染黄河山失色，江浮尸殍雁无声。

犹闻漠北生胡柳，未见金陵存弱婴。

泰岳怎堪蝼蚁辱，神兵亿万立红缨。

七律·长沙保卫战

湖南省人民检察院　谭新民

（二十四届　二等奖）

血雨腥风大地寒，星城驱寇惊云端。

强掳铁蹄毁廊庙，敌忾同仇挽巨澜。

四守长沙尸做垒，六年百万将军山。

回眸勿忘肝肠裂，玉宇归心大梦圆。

满江红·七七事变有感

邵阳市隆回县人民法院　屈成林

（二十四届　二等奖）

雨惨风凄，凝望处、山河呜咽。城郭上、弹痕依旧，永难磨灭。永定枪声惊睡梦，卢沟晓月蒙腥血。最凶残、烧杀抢三光，人寰绝。

驱倭寇，坟墓掘。收裂土，怀英烈。八年持久战，国仇终雪。昔日狂徒犹可宥，而今右翼岂容獗。警钟鸣、不再受欺凌，须团结。

破阵子·抗日胜利七十周年大阅兵

湖南省岳阳监狱　范敏

（二十四届　二等奖）

十里长安雷动，三军铁骨铮铮。七十降倭隆庆日，振振中华大阅兵，东溟任脍鲸。

铭记沧桑历史，缅怀壮烈英名。强国强民图发展，同志同心谋复兴，龙腾举世惊！

满江红·抗战胜利七十周年

娄底市公安局经侦支队　王建华

（二十四届　二等奖）

酣睡雄狮，忍倭寇，跳梁乱觑。吞血泪，断鸿声里，手足难护。奋舞镰锤驱梦魇，誓将寰宇铺天路。好儿郎，卷万丈黄沙，争逐鹿。

累贫弱，频受侮；积富厚，方归附。大中华，岂可颈迎刀戮。南海风波传戾气，东洋地动闻跋扈。挽狂澜，展翅化鲲鹏、金汤固。

我珍藏着一枚抗战胜利的勋章（节选）

湖南省高级人民法院　杨建华

（二十四届　二等奖）

我珍藏着一枚抗战胜利的勋章，

它记录着中国人民艰苦卓绝浴血奋战的辉煌。

我的前辈当时就在抗战前线，

战火纷飞硝烟弥漫的长沙，

就是第九战区的主战场。

我珍藏着一枚抗战胜利的勋章，

抚摸它犹如触及堂堂男儿宁死不屈的胸膛。

"天炉战法"布下与敌较量的阵地，

而"焦土抗战"昭示的决心，

却是悲壮的"与日同亡"！

记住这一天（节选）

——纪念中国抗日战争胜利七十周年

张家界市国家安全局　梁湘军

（二十四届　二等奖）

记住记住

记住九月十八日这一天

日本关东军的铁蹄

践踏着神州大地的沃土

东洋膏药旗的血腥

弥漫着东北秀丽的山川

白山在流泪黑土在呜咽

千家忙逃难万户断炊烟

记住记住

记住七月七日这一天

侵略者的子弹

撕裂了卢沟桥的宁静

法西斯的炮火

漠视着华夏人的尊严

泰岳掀风暴黄河卷巨澜

全民皆奋起抗战烈火燃

一颗子弹遗留在他体内七十多年

湖南省公安厅　周伟文

（二十六届　二等奖）

和他吃一样的粗茶淡饭

过一样的寻常日子

平常相安无事

只有变天的时候

子弹才会咳嗽几声

也只有这时

他才会想起

这个相依为命的老伙计

这么多年

他一直带着这颗子弹

像一杆上膛的枪

浪淘沙·登井冈山

岳阳市公安局　陆荣光

（二十八届　二等奖）

久仰井冈山，终得暇闲。松篁满目碧连天。一派农村新景象，老少欢颜。

烈士瘗松间，拜谒争先。谁能星火灼千年？唯我毛公真理是，励志弥坚。

七绝·题红军标语博物馆

湖南省高警局株洲支队　石磊

（三十届　二等奖）

雨洗老墙标语在，物存新馆客人来。

寻常嘴角短长句，唤起万民思路开。

忆江南·衡州好

衡阳市石鼓区人民检察院　唐力

（二十届　三等奖）

衡州好，抗战是名城，敌忾同仇惩贼寇，
日军尸骨满街横，天际响雷霆。

衡州好，今日艳阳天，六岸三江花似锦，
诗词之市涌甘泉，歌颂好家园。

七律·纪念抗日战争胜利七十周年

株洲市国家安全局　陈春明

（二十四届　三等奖）

抗战功成七十年，中华巨变喜空前。

乾坤锦绣军威壮，岁月斑斓国土妍。

乐业安居思耻日，丰衣足食颂尧天。

时常警惕招魂梦，莫把刀枪入库间。

五律·庆祝抗日战争胜利七十周年

湖南省国家安全厅　朱正清

（二十四届　三等奖）

倭寇孽尤深，南京档案存。

烧淫如猛兽，杀戮似凶神。

不断遮灵罪，时常拜鬼魂。

全球齐愤讨，正义定乾坤。

七绝

岳阳市平江县公安局　刘再富

（二十四届　三等奖）

侵华倭贼罪滔天，惨杀无辜血泪涟。

抗战英雄鸿鹄志，降妖雪耻芷江圆。

七律·抗日战争胜利七十周年

岳阳市临湘市人民法院　邓曙龙

（二十四届　三等奖）

一衣带水紧相连，友好邦交两自安。

武运逆天挑战祸，神州遍地起烽烟。

南京竞戮尸山垒，国共联盟阵线坚。

昔日降书醒梦否？休窥钓岛又争端。

七律·勿忘国耻

湖南省高级人民法院　黄兴东

（二十四届　三等奖）

全民抗战起神州，铁血男儿解国忧。

倭寇横行天滴泪，山河破碎地沉愁。

征衣尽染因除恨，号角齐鸣为雪仇。

后辈休忘华夏耻，自当奋起砥中流。

七绝·赴衡山瞻仰抗日英雄烈士陵园有感

岳阳市人民检察院　杨石溪

（二十四届　三等奖）

三上衡山景更妍，祝融磨镜白云边。

抗倭英烈长眠处，翠柏葱茏映碧天。

七绝·登天岳关有感

岳阳市平江县公安局　杨日晃

（二十四届　三等奖）

金秋采访上名山，鄂赣三湘第一关。

七十年前歼寇处，英雄业绩铸心间。

七绝·参观天岳关有感

岳阳市平江县公安局　童拜安

（二十四届　三等奖）

丰碑高耸亮虹桥，烈士英名壮九霄。

鹤唳风声犹在耳，妖魔岂敢效"东条"。

七律·百团大战颂

岳阳市临湘市公安局　李东雄

（二十四届　三等奖）

百团大战响惊雷，抗日狂涛动起来。

八路虎贲征腐恶，四方天将扫阴霾。

齐心协力军威壮，立马横刀正太开。

伟绩长存碑永矗，英雄碧血挽春回。

七律·"12·13"南京大屠杀死难者国家公祭日

岳阳市平江县公安局　何妥凡

（二十四届　三等奖）

国行公祭慰同胞，铸鼎铭文矢记牢。

前事昭昭凭史鉴，后人惕惕警明朝。

东倭拜鬼妖翻案，赤县励兵民不挠。

圆梦中华欢盛世，和平帜艳耀云霄。

得胜之师和行天下（节选）

湖南省坪塘强制隔离戒毒所　熊亚湘

（二十四届　三等奖）

江南烟雨倩流连，塞北梅花漫云天，

海上明月邀长久，西域丝绸作奇传，

人物风流不尽言，万国叩拜玉阶前，

唐皇尊称天克汗，康乾盛世震九边。

纪念抗日胜利七十周年

岳阳市平江县公安局　欧阳石宝

（二十四届　三等奖）

日本投降七十年，中华崛起换新天。

缅怀先烈铭遗训，捍卫和平意志坚。

如今美日紧勾结，购岛申遗冒怪烟。

靖国神社人拜鬼，离奇滥调欲翻天。

和平友善记心田，陆海空军驻海边。

卫国保家防外犯，炎黄联手灭狼烟。

满江红·庆祝抗日战争胜利七十周年

湖南省人民检察院　朱新军

（二十四届　三等奖）

日军猖獗，星城外，炮声未歇。铁蹄处、生灵涂炭，黎民惨烈。敌忾同仇皆御寇，军民鏖战拨日月。叹薛家军勇守长沙、犹凄切。

镰刀举、红旗猎，雄鸡唱，豺狼灭。铸长城永保金瓯无缺。深化改革强国路，惩贪勿使吸民血。待明朝，钓岛泛舟游，梦圆阙。

满江红·抗战胜利七十周年

湖南省岳阳监狱　李国鹏

（二十四届　三等奖）

忆想当年，卢沟陷、狼烟猎猎。更难忘，山河破碎，南京梦魇。四亿人民同国难，十四年抗战多忠烈。众志诚、两党弃前嫌，诛倭孽。

钓鱼岛，今又窃；新旧恨，双重叠。幸中华巨舰，弋航威慑。先烈救亡何惧死，今人守土焉能屈！看今朝、东亚再争雄，谁人杰！

满江红

湖南省高级人民法院　吴若顺
（二十四届　三等奖）

　　小日本，烧杀抢掠。痴梦呓，南进北进，亡我三月。禹甸邦交视尘土，卢沟炮火干星月。齐抗战，血肉筑长城，襟泪血。

　　甲午恨，满洲裂，上海陷，南京劫！四万万同胞铜墙铁壁，延水边上歌义勇，台儿庄上歼顽贼。降芷江，国耻百年羞，岂忘却！

我们不会忘记（节选）

湖南省国家安全厅　刘兴文
（二十四届　三等奖）

十四年抗战

是一段血雨腥风的岁月

是一部沉重的灾难史

是每一个国人心中永远的伤痛

我们不会忘记

无数为国捐躯的先烈们

用自己的血肉身躯

筑起一道道坚不可摧的城墙

十四年抗战

是一段不朽历史的缩影

是一曲军民融合的凯歌

是危难时刻民族团结的象征

我们不会忘记

平型关大捷、长沙会战、百团大战

粉碎日军不可战胜的神话

打出了中国人民不屈的精神

振奋了全国军民的抗战信心

五绝·芷江行

长沙市国家安全局　任海秋

（二十六届　三等奖）

策马向西峦，苍松战场边，

受降碑坊在，日落芷江前。

七律·谒六十分烈士墓

株洲市人民检察院　何李瑶

（三十届　三等奖）

五月山中榴吐绣，徐行独步祭英豪。

道旁劲柏支青嶂，遍地虬松起绿涛。

碧血未消成战垒，丹心犹在丽旌旄。

鞠躬瞻墓留盟誓，使命长存岂惮劳。

念奴娇·风起云涌在湘南

常德市汉寿县司法局　鄢洁

（三十届　三等奖）

大江水急，正乌云压顶，麓山如削。马日染红城下树，革命浪潮低弱。汪许之流，民之公敌，无不诛而乐。红船牵引，看燎原烈火灼。

水口矿上摇旗，湘南呐喊，个个英雄魄。虽有狂兵追足下，仍是缨枪长握。打富均贫，插标分地，除尽豪强恶。井冈齐聚，疾风横扫黄雀。

烈士纪念日抒怀

怀化市委政法委　王传伦

（三十一届　三等奖）

猎猎红旗一望森，京畿盛况若亲临。

丰碑遗梦留高格，祭礼融诗叠雅吟。

先辈捐躯酬壮志，后昆接力谱韶音。

关山隔水遥相识，不朽英魂系我心。

息烽集中营旧址

岳阳市岳阳楼区人民检察院　叶菊如

（二十届　新人奖）

关押杨虎城将军的牢房前

几株石榴花

像一支支火炬

红得荡气回肠、无所畏惧

它们的张扬，和凛然

让我从此保持对一朵花的崇敬，和热爱

多难众志必兴邦

在这个充满挑战和变革的时代，我们面临着前所未有的困难和考验。自然灾害、疫情肆虐，给我们的生活带来了巨大的影响和冲击。扶贫抗疫抗灾是当代社会最艰巨的任务之一。在这样的背景下，全省司法行政系统坚持以习近平新时代中国特色社会主义思想为指导，深入学习贯彻党的二十大精神，认真落实习近平总书记"为民造福是最大政绩"的重要指示精神，深入扶贫抗疫抗灾一线，为维护社会稳定和保护人民生命财产安全，用自己的血汗甚至生命守护着人民的安全，诞生了不少脍炙人口的诗篇。

此篇歌颂全省司法行政系统扶贫抗疫抗灾的伟大精神，主要汇集了28篇佳作，分为扶贫、抗疫、抗灾三部分。其中《战新冠》《"疫"期踏青》《"七一"抗洪》《岳阳监狱警察抗洪》等均为抗灾抗疫经典之作，本部分以诗、词、赋等形式记录了那些感人至深的时刻，传递了扶贫抗疫抗灾斗争中涌现出的英勇事迹和无私奉献的精神。这些作品既有对人民警察斗争精神和奉献精神的赞美，也有对人类团结一心、共克时艰的信仰和力量的歌颂。

征程万里风正劲，重任千钧再出发。在这些诗中，我们看到了无数平凡英雄的身影，他们用自己的行动诠释了责任与担当。无论是在防汛抗洪一线默默奉献的党员干部，还是在抗击疫情最前线英勇斗争的工作人员，抑或是深植在扶贫攻坚关键点的驻村书记，都是我们这个时代的楷模和骄傲。这些诗歌作品让我们更加深刻地认识到，面对灾难和困难，我们需要的是团结、勇敢和智慧，而不是恐慌和绝望。让我们以诗歌作品为契机，锤炼党性、凝心铸魂，以更加昂扬的斗志和饱满的热情走好新时代群众路线，奋力谱写全面建设社会主义现代化湖南新篇章。

七律·战新冠

湖南省委政法委　陈岭

（二十九届　诗词特邀作品）

祸起新冠可奈何？南山请命调达摩。

千街壁垒人踪匿，万户闭门自唱歌。

闪闪警星忙昼夜，飘飘天使暖心窝。

五洲共命同发力，再世华佗斩恶魔。

七律·"疫"期踏青

湖南省公安厅　李文勇

（二十九届　诗词特邀作品）

宅居日历欲翻新，放胆呼朋踏早春。

口罩遮容朝与暮，花香积雾淡还醇。

青山云步宜穷目，细柳梅溪可采芹。

万物从容皆有律，时牵烟水汉江滨。

扶贫赋

常德市人民检察院　冷志刚等集体创作

（二十九届　特等奖）

　　大道之间，天下为公。然盛衰无常，皇朝更替也忽；叹治乱循环，梁庶兴亡皆苦。修齐治平，先贤共求。大同之梦，古今皆行！

　　建国伊始，百废待兴；筚路蓝缕，自力更生；改革开放，强国富民。全面小康，当不遗一人；伟大复兴，应惠及黎民。先锋政党，共谋福祉；大国领袖，不负人民。闽宁小镇，对口帮扶；躬身十八洞村，首倡精准扶贫。百司聚力，上下同心。先富帮带后富，授鱼授渔齐心。

　　观吾检察诸君，履职兼顾扶贫；社会公平治理，职能且喜延伸。投产业，项目带发展；迁移民，广厦庇寒士；兴基建，天堑变通途；访贫疾，穷人有亲人；惩犯罪，执法亦普法。石门铜鼓，旧貌换新；辰溪岩桥，决胜可期。彭君庆文，遗言为民，布德行惠，不落一人。观三湘检察，想千方，设百计，地出繁荣；促三农兴旺，路承天，富万家，卷留佳声。

　　嗟乎！万年太久，只争朝夕。伟哉！亘古未有之仁政，胜于案牍之劳形。孜孜坚守之初心，彰成今日之现实。颂曰：立检为公，自见光明磊落；执法为民，当期百业日兴！

十八洞村（组诗）（节选）

衡阳市人民检察院　宾锡湘

（二十九届　一等奖）

湘西有多少群峰无路可攀

云雾晨时盘旋山巅，午时跌入峡谷

十八洞村四个寨子隐身云端

路有一条，距县城七十余里，距温饱

是一个梦睡到了另一个梦里

有丘田千余亩，冷水浸泡

竹篾扶墙，漏风漏雨，二百余户人家

一年足有半年饥

光棍几十条，苗歌唱空武陵腹地

看似人间仙境，炊烟不直

大雪跟在寒风身后，掩埋屋顶一丝热气

一千亩猕猴桃挂果，外出打工的人

跑回来，坐在藤架下，合不拢嘴

甜言蜜语，高不过枝头的果实

竹子寨，一群老娘们刺绣

苗语绣活了一对鸳鸯，也绣得尘埃

沾满花香，山寨铺满锦缎

龙先兰，深山养蜂人，躺在和风中

哼着小曲，醉酒的蝴蝶

土蜜蜂追赶着一座金色的花园

一群黄牛把山谷切成两片，山风

在草尖上弯曲，盘山公路似乎上了天

牵扯着十八洞村喂饱胖乎乎的云彩

水调歌头·送法到大山深处扶贫点

岳阳市临湘市人民法院　邓曙龙

（二十九届　一等奖）

扛着国徽去，薜荔深山行。天路蛇行斗折，足底白云生。但为忠诚履职，何惧千难万险，民瘼总关情。送法下乡野，息讼止纷争。

禾场畔，村民集，正开庭。法槌敲击，凭案明法众人听。播得春风化雨，解得相邻宿怨，保得一方宁。唱响天平颂，百姓赞声声。

你还不曾远走（节选）
—— 致牺牲的战疫英雄

湖南省公安厅　罗文姣

（三十一届　一等奖）

昨天

你眼神难以捉摸，目光奇异，

为了生命，为了信念，

你义无反顾背上信仰与亲友别离。

今天

好像还看见繁杂世间中简单的你，

似乎还听见喧嚣人群中沉默的你，

仿佛还感受到纯粹不留痕迹的你。

明天

人们将久久地久久地怀念你，

手捧一束菊花，在这

被放逐的英雄墓碑前敬礼。

临江仙·抗洪

湖南省岳阳监狱　张四海

（二十五届　二等奖）

大汛忽来谁可挡？长堤几近危难。螭蛟肆虐逞凶蛮。党旗风口矗，力量浪尖攒。

众志成城何所惧，军民誓保平安。洪魔未伏岂言还。挥戈朝落日，击楫挽狂澜。

七律·"七一"抗洪

娄底市公安局　王建华

（二十六届　二等奖）

岂许灾添百姓忧，虎贲火速立中流。

挑灯察雨堤头岸，破晓迎涛巷尾舟。

汗洗泥尘鞋服乱，肩掮老幼胆肠柔。

英雄本乃寻常汉，只是临危血更稠。

七律·岳阳监狱警察抗洪

湖南省岳阳监狱　罗先礼
（二十六届　二等奖）

潇湘雨骤势汪洋，受令辞家赴战场。

察险巡逻无日夜，博风斗浪显肝肠。

骨铮铁汉擒洪魅，伟岸长堤挺脊梁。

待到凯旋传捷报，喜迎狱警好儿郎。

七律·美丽乡村

——达岚潮地村

湘西自治州泸溪县人民法院　刘太平
（二十八届　二等奖）

两岸青山夹美溪，蓝天碧水映霞霓。

三分柳色人人醉，几树桃花朵朵迷。

万木葱茏莺转脆，千山浪漫蝶飞低。

夜来蛙唱窗前月，共话村游改革题。

七律·扶贫村秋韵

张家界市中级人民法院　阳勇
（二十九届　二等奖）

红砖碧瓦远喧哗，桥靓清溪映彩霞。

玉米苞肥姑嫂笑，木瓜果壮媪翁夸。

心随渔网裁诗赋，情入蔬园品酒茶。

若问桃源何处是？与君来访脱贫家。

这些人（节选）

长沙市星城地区人民检察院　田泽红
（二十九届　二等奖）

这些人

只因那一声疫情

便奋不顾身

留下的是背影

却温暖了整个世界

这些人

只因那一片初心

便风雨兼程

憔悴了容颜

却绽放了夏花之绚烂

这些人

在这个平凡的年轮里

抗击病毒毅然前行

逆行的身影

穿越春暖花开

实验室、病房中，

我们无法一一细数

这些人

在我们温馨的生活里

用生命诠释着坚守

用坚守吹散了乌云

我们不会忘记

那些在防疫一线

日夜抗战的白衣战士

二十行抒怀

湖南省高级人民法院　杨建华

（二十九届　三等奖）

一次窝家的磨砺

拷问着能否耐久的意志

有一种叫作血液的物质

行将喷涌

一种戴罩的陌生

隔离出彼此理解的宽容

有一种叫作默契的光芒

交相辉映

一只敲响的法槌

在宣告公平正义的庄严

有一种叫作网络的庭审

应运而生

一部出台的法典

在昭示权利义务的完善

有一种叫作欢欣的泪水

夺眶而出

一场横行的疫情

挑衅了最终可控的底线

有一种叫作中国的力量

战无不胜

沁园春·抗疫

怀化市辰溪县委政法委　王传伦

（二十九届　二等奖）

疫染江城，漫溃神州，猝不及防。叹千村封路，街坊冷冷；万民惊悚，老幼惶惶。罹患追增，病床紧缺，岁首瘟魔太犯狂。阴霾罩，恨新冠惹祸，扰我宁康。

泱泱大国沧桑。紧要处，谁堪挽陌殇。喜中央号令，军民响应。同襄伟业，共献韶光。洒泪南山，逆行天使，亿万黎民挺脊梁。熙阳照，正春风浩荡，大爱无疆。

家乡的路

怀化市溆浦县人民法院　刘腊生

（十八届　三等奖）

六十年前的路，

家乡的路——

是我童年记忆的路；

荆棘丛生的路，

泥泞滑溜的路。

这条路——

我们祖先走过的路，

千疮百孔断魂路，

骤风暴雨肆虐的路，

痛苦呻吟绝望的路，

洒满血泪凄楚的路，

为求生存挣扎的路，

历史见证的路！

六十年后的路，

家乡的路——

平坦闪光的水泥路，

延伸到乡亲家门的路，

欢声笑语传于路，

阳光雨露铺满路。

它是致富路，

它是幸福路。

今天的路——

舒坦的路，

惬意的路，

自豪的路，

通向小康的路！

五绝·访贫

湖南省公安厅　邓友清

（二十六届　三等奖）

田头问耕种，阶前逗顽童。

促膝话冷暖，播爱春雨中。

七绝·赞河长制

娄底市双峰县公安局　彭爽

（二十七届　三等奖）

青山隐隐水悠悠，不见清流日久愁。

喜见颁章河长制，白鸥重戏绿沙洲。

七律·扶贫村里新气象

湘西自治州泸溪县人民法院　刘太平

（二十七届　三等奖）

飞花六出草斑斑，精准扶贫岂觉寒。

屡赴深山随日出，常留足迹在田间。

干群合力千山秀，惠政勤施百姓欢。

五谷风摇猪满圈，共圆国梦小康年。

七绝·新年战新冠病毒有感

怀化市公安局　易朝晖

（二十九届　三等奖）

忽来疫病扰新春，昼夜餐风满面尘。

誓把担当酬道义，凝情仗剑战瘟神。

五律·抗疫素描

冷水江市中级人民法院　黄洪东

（二十九届　三等奖）

一令千门闭，车流万里稀。

宅家迷网络，飞鸟语窗扉。

城郭旌旗烈，书生剑气挥。

东君驱鬼疫，风雨送春归。

七律·中国抗击新冠病毒有感

湘潭市湘潭县人民法院　谷峰

（二十九届　三等奖）

泱泱大国自担当，病毒侵时摆战场。

三镇封城休扩散，九州联动拥中央。

初心誓把苍龙缚，使命只唯黎庶康。

济世悬壶开泰境，复兴正道看沧桑。

鹧鸪天·备勤隔离有作

湖南省郴州监狱　黄伍林

（二十九届　三等奖）

窗外车笛入耳边，阳光风雨化春天。宅中斗室容身小，书里乾坤入眼宽。

重启笔，解疑难，习学在线上云端。疫情防控弦张紧，监管安全担在肩。

让疫情告诉你
—— 致敬我的国我的家

株洲市芦淞区人民法院　刘永建

（二十九届　三等奖）

感动天，感动地

为啥就感动不了西方的你

一场灾难让世界看清了善美与邪恶

一场疫情让国人看清了人命大于天

没有生命何来自由？

没有民生何谈民主？

没有健康何谈国家命运？

感谢天，感谢地

感谢中国的老百姓

感谢镰刀斧头红五星

疫情是试金石

疫情是检验者

疫情是测谎仪

疫情是发言人

中国人民用行动和铁证遏制了疫情帮助了全球

而今但驾长征御天问

梦启九州探穹宇

向世界发出惊人的天问。

距离（节选）

湖南省岳阳监狱　罗先礼

（二十九届　三等奖）

远古和现代

时间就是距离

苍天和大地

上下就是距离

曾经　冬和春

等候就是距离

现在　我和你

口罩成了距离

新型病毒肆虐大地

仿佛晴朗的天空阴霾密布

遥不可及的生死两端

瞬间"零"距离

缝补、扩张、延长

这薄脆如蝉翼的距离江汉

新型冠状病毒魔影飘荡

我一直测量

有限一江之隔的大湖北、大武汉

今天变成了无限的

挂肚牵肠

一声声不屈呐喊

一群群铁肩勇担道义

一幕幕舍生忘死的逆袭

这才是龙的传人

这就是炎黄子孙

别人不能用数字计算的距离

他们·永州公安扶贫工作者

湖南省公安厅　舒俊

（三十届　三等奖）

这是一条登峰摘云的路

这是一条播种红色种子的路

这是一条通向贫困人家心底的路

他们

一手托起忠诚

一手扶起贫弱

肩挑日月星辰

用脚丈量

老百姓的苦

他们擦亮山清水秀的颜

打破穷乡僻壤的窗

让山里的人啊

尝到了大自然的糖

他们自己却悄悄吃下了苦

站在城市的边缘

久久不敢叩响自己家的门

浪淘沙·抗击新冠肺炎

湖南省坪塘强制隔离戒毒所 熊亚湘

（三十一届 三等奖）

新冠虐三年，罪孽弥天。寰宇惶慌尽蔓延，苦寻乐土知何处？还看中原！

神州总动员，"雷""火"燎燃，焚罢疫疾换新颜，豪情喜迎二十大，盛世桃源！

家里有我，你放心吧

湖南省郴州监狱 雷海军

（三十一届 三等奖）

疫情就是无声的命令，

你主动请战又出发。

新婚的妻子眼含热泪：

"去吧，家里还有咱爸妈！"

步履蹒跚的父母已年迈，

你多想陪他们拉拉呱。

贤惠的妻子读懂了你的眼神：

"家里有我，你放心吧！"

可爱的孩子才满一岁半，

刚刚学会叫爸妈。

你有点放心不下，妻子说：

"崽崽很乖，你放心吧！"

一句平凡却温暖的话语，

让彼此的感情再度升华。

于是你义无反顾地奔赴一线，

因为你是监狱人民警察！

七律·岁暮送瘟神

益阳市公安局交警支队赫山大队　李建章

（三十二届　三等奖）

一岁匆匆日月梭，疫情肆虐应如何。

庭前冷落人难觅，市井萧条鬼亦歌。

勠力警民除恶瘴，同心医护去沉疴。

誓将剩勇追穷寇，莫教苍生屡折磨。

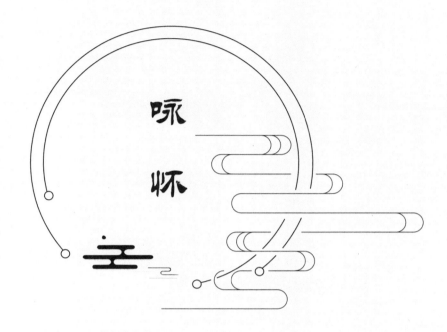

咏怀

言志抒情总相宜

　　诗者，情动于心而形于言。生活处处皆诗意，人生时时有情怀。天地无涯，人生多彩。面对大千世界、万象变幻，"诗人兴会更无前"。他们有感而发，兴至而歌，或触景生情，或即事咏怀，或托物言志，或借诗寓意，用一双慧眼发现生活中的真、善、美，以一管妙笔抒发心中的情、梦、爱。

　　诗人赏景，下笔皆情。面对"此间亦有擎天柱"，新化县公安局李斌兴对以"独对苍茫啸晚风"诗人感事，直抒胸臆。长沙市公安局解筠"老身最爱麓山游，绝顶登临意气遒"，一首《重阳抒怀》，既问出"艰危处世不移志，安乐承平岂忘忧"的警醒之意，又表达了"愿借天风摧腐恶，蔡黄青塚慰高秋"的乐观思想。

　　诗人观物，自得理趣。长沙市公安局刘首枚对井嗟叹"甘泉几时有？当去问源头"。湘西自治州凤凰县公安局曹雅璐看似写花，却借芭茅花写出洋洋洒洒的出尘之意。

　　诗人怀史，思今溯昔。"湘江北去橘子洲头，却不是您当年独立的那个寒秋"，省司法厅邹亚湘作出的是缅怀伟人的无限憧憬。宜章县人民法院周瑞"有人欢喜入城，有人悲伤出城。山还是那座山，人还是那群人"，以一段山居岁月里的人来人往写出对岁月变迁的深刻感悟。

　　举凡目之所见、耳之所闻、心之所感，皆化为诗。漫步诗词间，意境有无穷。作者借短歌以言志，品赏山河韵，素描众生相，狂歌英雄举，笑骂奸佞行，展现了对现实世界的体悟、对生命存在的思考、对个体性灵的把握和对未来人生的求索。

诗豪刘禹锡曾写下："因赋咏怀诗，远寄同心友。"这些来自政法战线的诗词，充满着浓厚的情感，让奋战在政法战线的同志们深受鼓舞，更能让人体悟到其中蕴含着殷殷的社会责任心和浓浓的时代使命感。岁月匆匆，诗意无穷。让我们徜徉诗中，触摸时代的风云变幻，感受思想的磅礴伟力！

和谐颂

湖南省政法系统书画诗词研究会首席高级研究员　张树海

（二十七届　特邀作品）

人类之命运，同系地球村。

天人求合一，平衡方共存。

天和风雨顺，地和土生金。

人和胜立本，国和福之根。

世和清气盛，家和显真淳。

求同且存异，有容智不昏。

宇宙生万物，天地人共春。

善待大自然，福果裕子孙。

四海水相连，人类互依存。

同声歌一曲，共建新文明。

盛世常宣导，法律倍遵循。

代人齐努力，世界日月新。

江城子·传奇密印寺

湖南省委政法委　陈岭

（二十八届　特邀作品）

禅师灵佑启香堂，感唐皇，赐额扬。沩仰宗风，万尊佛贴墙。千手观音微目望，油盐涌，万人床。

裴休送子入佛房，茶水忙，怨僧粮。法海功成，金山建禅场。润之游学晤方丈，寻本源，在山乡。

历史的回眸（节选）

湖南省司法厅　邹亚湘

（二十二届　一等奖）

湘江北去橘子洲头

却不是您当年独立的那个寒秋

风和日丽百侣争游

谁不景仰您的俊采风流

您雄踞的是永不沉没的航空母舰

也是您缔造中国梦想的挪亚方舟！

又是一个不眠之夜

您总是走在时间的前列

深邃发红的眼窝

蓄满沧桑写满坎坷

但您的目光如电

穿过黑暗追随真理

将温暖布洒苍生

把憎恨刺向旧的世纪

您始终眺望远方

因为信仰所以坚强

敢于把一个苦难的民族扛在肩上

并且一步步将她带向荣光！

您始终都在注视

从来就不曾睡去

请温柔的波浪轻轻

请欢快的鸟儿低鸣

请不要打扰您倾心的聆听啊

那是您母校的方向

芭茅花

湘西自治州凤凰县公安局　曹雅璐
（二十九届　一等奖）

立在乱石中

根在贫土里

不慕兰的幽香

不羡牡丹繁华

不攀树的高大

不妒清莲高雅

在风中

把自己摇成一朵

无忧无虑的凤尾花

洋洋洒洒

重阳抒怀

长沙市公安局　解筠
（十八届　二等奖）

老身最爱麓山游，绝顶登临意气遒。

雨打亭枫仍挺直，苔侵石径亦通幽。

艰危处世不移志，安乐承平岂忘忧。

愿借天风摧腐恶，蔡黄青塚慰高秋。

五绝·无题

长沙市公安局　刘首枚

（十九届　二等奖）

对井空嗟叹，持瓢不尽愁。

甘泉几时有？当去问源头。

七绝·塞外捷报

长沙市国家安全局　任海秋

（十九届　二等奖）

残阳如血少人烟，大道平延漠北天。

快马绝尘三百里，安全捷报及时传。

七绝·登吉龙岩有感

娄底市新化县公安局　李斌兴

（二十二届　二等奖）

万仞冈头夕照红，滔滔遥见大江东。

此间亦有擎天柱，独对苍茫啸晚风。

壮观武陵

湘西自治州委610办　盛天宁

（二十二届　二等奖）

这是一群气势雄伟的山，这是一群常使人想到正气长存的山！她巍峨挺拔、高接云天，她纵横百里、莽莽苍苍……

清晨，朝阳把山染得多彩：像玫瑰、像秋菊、像水仙花、像紫罗兰。

啊——山是健美的姑娘！

正午，日光把山映得明丽：青松伟、草儿茂、花是锦、畜似灵。

啊——山是可爱的母亲！

春天，山上万象更新、叶青芽嫩；夏日，

山上万物竞长、欣荣浩繁；秋时，山上硕果累累、香飘醉人；冬令，山上雪白冰清、圣洁无瑕。

可是，尽管山有万千的变化，山终还是山。

啊——在我的眼里，山永远是那样的壮美巍然！

有时，云雾在山上弥漫：一处清晰、一处朦胧、一块惨白、一块黑暗。山，又像是莫测的鬼神！

有时，雨帘遮掩着山的脸面：电光闪、迅雷鸣、树摇摆、花草残。

山又像是受难的生灵！

远望，山势傲然独立、横空出世；近瞧，山体压在心上、思绪难欢；竖看，山像顶天的巨柱、撑掌天国；横视，山像锯天的长齿、咬破穹苍。

可是，尽管山有万千的意象，山终还是山。

啊——在我的心里，山永远是那样的壮美巍然！

思想者

永州市双牌县人民法院　陈顺林

（二十三届　二等奖）

头发变霜白了

深色藏进骨子里了

皮肤变苍老了

活力藏进热血里了

手脚变迟钝了

思维藏进精髓里了

行为变简单了

思想变深刻了

蘑菇

湖南省道路交通安全协会　周伟文

（二十三届　二等奖）

那时

我看到的蘑菇

长在一棵树上

像爬在父亲肩头

撒欢的孩子

此去经年，树
经风历雨
慢慢衰老
直到枯死

如今
我看到的蘑菇
长在树菀边
好像是跪在枯树前
久久不肯起来

七绝·郊游

湖南省公安厅治安总队　李文勇

（二十三届　二等奖）

雾散云收过野丘，芳丛雨洗见清柔。
平湖碧透蝉声里，蛙唱荷间鸟探头。

五绝·咏梅

长沙市芙蓉区人民检察院　徐伟

（二十三届　二等奖）

大雪飞满天，梅开百花先。

无意争春色，净土写清廉。

七律·河西风光

湖南省高级人民法院　黄兴东

（二十三届　二等奖）

橘洲波浪涌沙滩，拍岸涛声上麓山。

林密光疏风动叶，径幽草绿露沾栏。

晚亭燕雀聆人语，书院师生振杏坛。

自古潇湘多俊杰，一轮红日照江南。

水调歌头·冷雨

湖南省网岭监狱　汤扬华

（二十七届　二等奖）

夜冷深秋至，云密雨潺潺。孤灯窗外风响，今夜更难眠。深悔光阴虚度，多少辛酸往事，漫涌我心间。寂寞谁能伴，憔悴换朱颜。

不应恨，重立志，敢肩担。听闻朝过夕改，犹是好儿男。唯有永不言弃，何惧艰难险阻，只要肯登攀。莫笑冯唐老，再借五十年！

行香子·喜相逢

湖南省武陵监狱　黄锐

（二十八届　二等奖）

紫气初升，书卷留芳。

山含翠，绿水泱泱。

东风渐暖，思绪飞扬。

忆旧时屋，旧时树，旧时光。

行归桑梓，乡音依旧。

喜相逢，再诉衷肠。

光阴易老，岁月悠长。

品一杯茶，一段曲，一炷香。

山居岁月

郴州市宜章县人民法院　周瑞

（二十九届　二等奖）

我被朝阳亮醒出乡二十年

梦里依稀

常是山居光景

此刻

祖母老房的电视机里

京剧应该还在呀呀唱响

陪着她的酣睡

又或许

迈着轻盈的脚步

再重复起

往日的劳作

春耕秋收

多少的悲欢离合

从山间流走

却难去山民的恬静安然

担货郎走过这青山绿水

停歇时

直感叹好山好水好过活

有人欢喜入城

有人悲伤出城

山还是那座山

人还是那群人

米沟村的阿嬷
——致向纹

湖南省司法厅　张政
（二十九届　二等奖）

云雾缭绕的山坳，

炊烟袅袅的村庄，

有一个阿嬷，

默默地

半卷着裤管，

斜挎着背包，

泥泞中跋涉，

风雨中奔跑，

只为了

苗寨的明天，

苗乡的欢笑……

没有耀眼的光华，

没有漫天的喧嚣，

有一株小草，

悄悄地

盛开着坚强，

绽放着娇娆，

田野间生长

天地间呼啸

那就是

我们的向纹，

我们的阿嬷……

五绝·题梅

广铁长沙公安处　孙钢

（二十九届　二等奖）

冷艳非我质，高洁乃吾心。

严寒炫傲骨，春意逐日新。

七律·香樟咏

益阳市公安局交警支队　蓝世跃

（三十二届　二等奖）

挺拔雄姿冠盖圆，枝繁叶茂化春烟。

荣滋嫩绿佳容美，蒂固根深意志坚。

馥郁能驱蜂蠹蛀，清醇未引蝶翎缠。

平畴险岭无挑剔，雨打风摧亦淡然。

七律·重阳节抒怀

怀化市辰溪县政法委　王传伦

（三十二届　三等奖）

一年一度又重阳，此岁相邀颂领航。

四海升平迎盛会，兆民圆梦靠中央。

退休不忘守规矩，余热赓持谱绮章。

云水胸襟今再展，帆于天际弄潮忙。

苏幕遮·元宵夜

衡阳市珠晖区人民检察院　肖高卫

（十八届　三等奖）

月盈怀，江映彩，狮舞龙腾，锣鼓敲天外。焰火凌空声尚在，响遏飞云，袅袅迎风摆。

水含情，花蕴爱，白发青丝，莫作等闲待。喜看江南春似海，紫气东来，阔步新时代。

也许

常德市安乡县司法局　李斌
（十八届　三等奖）

也许有一只白鸽，

迷失在暮色的天边

黯然地黯然地

错过晚霞的最后一片

也许有一片树叶

凋落在无眠的夜晚

默默地默默地

卷起对树的眷恋

也许有一颗露珠

滑落嫣红的花瓣

悄悄地悄悄地

把昨夜的美梦摔成永远的伤感

七律·抒怀

湘西自治州司法局　彭瑞龙

（十八届　三等奖）

当年请命赴西畴，仗剑驱魔战未休。

喜见"三多"成旧迹，相期"四化"展新猷。

献身法治涓涓滴，伏案吟哦共唱酬。

但愿边陲长稳定，余生此外复何求？

七律·游洞庭湖湿地

常德市汉寿县公安局　张良政

（十八届　三等奖）

沅水尽头云梦西，江流婉转载芳菲。

风吹野荻千层碧，日照汀州百褶衣。

翠柳红花随浪舞，苍鹰白鹭逐云飞。

泥香缥缈诗情动，畅逐轻舟久不归。

七绝·咏团湖荷花

湖南省岳阳监狱　曹桃根

（十九届　三等奖）

我爱团湖为爱莲，清香远溢色偏研。

污泥不染称君子，赢得芳名万载传。

七律·新夏即景

娄底市新化县公安局　李斌兴

（二十届　三等奖）

日影初长似小年，熏风吹暖麦秋天。

四围山色飞晴翠，万树蝉声噪夕烟。

红雨窗前闲选韵，绿萝荫里好谈玄。

平生性癖耽丘壑，书画怡情自坦然。

七绝·咏菊

娄底市新化县公安局　李斌兴

（二十一届　三等奖）

不怕风霜不染尘，自非高士不为邻。

当初曾遇陶元亮，千古知心只一人。

2012 咏雪

岳阳市屈原管理区人民法院　武亚楠

（二十一届　三等奖）

昨夜可曾有风

吹落漫天琼花

风止天明

唯留一片晶莹

我惊异

它的清高淡雅

不忍举步

最怕失去这份纯洁

父亲的记忆

张家界市桑植县人民检察院　李晋阳

（二十一届　三等奖）

童年

父亲是门前的那座山

巍峨挺拔　气壮山河

是想越也越不过的一道坎

少年

父亲是岔道口的那盏灯

大江南北　任尔东西

是一路上躲也躲不掉的路标

中年

父亲是窗台的那根雕

岁月是刀　阅历是刃

是不忍刻也刻满了的人间沧桑

现在

父亲是墙上的那张弓

儿女是弓弦　父亲是弓背

是折也折不断的民族脊梁

湘江随想（节选）

湖南省国家安全厅　林森

（二十一届　三等奖）

心中潜伏着一条河流

一直在为它寻找联通的出口

奔腾的河水充满着生命

让我的灵魂不停颤抖

这如潮水般袭来的思绪

猛烈的撞击我的心房

一波，一波，又一波……

我独自走到橘子洲头

面朝江水，静静蹲坐

游人如织，喧声嘈杂

身后的青年毛泽东像目视远方

安然于天地

长空万里，岳麓色青

眼前的湘江之水，浩然北去

此时此刻

心中潜伏的河流

似乎找到了奔流的出口

愈来愈猛烈地撞击我的心房

终于

如万马奔腾倾泻而出

与浩浩荡荡的湘江融为一体

远离尘嚣的张家界（节选）

湖南省国家安全厅　叶正勇

（二十一届　三等奖）

面对你的美丽　我想逃离

湿湿的涩涩的草木暗香

我不能自主呼吸

壮阔看不到边际　深厚看不见老底

清风穿云破雾　林浪扑朔迷离

不忍多看　怕吵醒你

不能待太久　怕再也离不开你

怕回到闹哄哄的都市后　我会厌世

面对你的飘逸　我不由自主感动

你这么大方　这么袒露

静听陌生人的评头品足

宽容匆匆过客的骚扰

从你身边走过都是一种洗礼

如果一直徜徉在这里

一定会醉了又醉

上天也会羡慕我的

故乡的雪

湖南省公安厅　聂荣伟

（二十二届　三等奖）

遥望故乡的方向

我仿佛看到

雪花精心装扮的山野

那深嵌在雪地里的脚印

定是山里人走出群山的坚定信仰

遥望故乡的方向

我仿佛听到

雪花轻吻大地的呓语

那围坐在火盆旁的乡亲

定是为来年田地的收成祈祷

遥望故乡的方向

我魂牵梦萦的地方

雪起雪落间

思念已悄然装满回家的行囊

五绝·春韵

湖南省公安厅　李文勇

（二十二届　三等奖）

龙跃乾坤曜，春来玉宇新。

风清飞雪舞，诗伴落梅吟。

五律·咏竹

张家界市人民检察院　吴畏

（二十二届　三等奖）

埋地二三寸，冲天千万枝。

风敲声若玉，雨过色如瓷。

姿绝未堪画，品高常入诗。

世平材不隐，施展莫迟迟。

浪淘沙·甲子感怀

衡阳市珠晖区人民检察院　肖高卫

（二十二届　三等奖）

奋翼舞长空，倦羽归鸿。花开花落付江东。往事如烟昨已去，淡定闲翁。

煮酒笑东风，兴雅情浓。唐风宋韵倍推崇。乱钓沉浮天上月，其乐无穷。

七律·咏画

娄底市新化县公安局　李斌兴

（二十三届　三等奖）

虎头痴绝米家颠，双管挥来别有天。

眼底云霞新供养，胸中丘壑旧因缘。

功名艳说凌烟顶，雷雨端逢破壁年。

只恐古今同俗好，真才定见几人怜？

七律·畅游南岳感赋

长沙市长桥强制隔离戒毒所　赵富强

（二十三届　三等奖）

巍巍南岳喜重游，七二奇峰一望收。

万国衣冠争仰止，九州骚客共歌讴。

地灵人杰夸湘楚，紫气祥光射斗牛。

此日挥毫逢盛世，激情满腹颂新猷。

归夜

邵阳市邵阳县人民检察院　伍培阳

（二十三届　三等奖）

黑夜换上衣服

月色的白裙子缀满星星的银饰

蟋蟀声拍遍此起彼伏的树林

每一片动荡的叶子

趔趄风的脚跟

妹妹捏了捏姐姐的手

路好颠簸啊

萤火虫提着家的方向

小跑着内心的闹钟

风筝与人

永州市双牌县人民法院　蒋卫阳

（二十三届　三等奖）

我是你的想象

你是我的力量

透过一根柔情却坚韧的线

我们紧紧相连

放得开才能飞得高

飞得高更须抓得牢

我的漂亮壮观

全是因为你的牵挂

秋

衡阳市中级人民法院　郭密林

（二十三届　三等奖）

　　座座黄山骆驼群似的在我脚下横躺。

　　水中栽着好大一盆太阳。鱼儿沉睡了，菊花含苞欲放，芦苇熟了，静候风来歌唱……呼！一群黑雁冲天而上，密林深处摇出一位少年，缓缓缓缓、一波一波、缓缓摇入我葡萄园似的香甜的心房。

　　蓝天醉了，醉在我处女地雪白的故乡。

站在铜像前的沉思

益阳市国家安全局　唐力军

（二十五届　三等奖）

心，像这七月的骄阳

滚烫，滚烫……

来到毛主席铜像前

虔诚的人们川流不息

鞠躬、宣誓、拍照、合影

敬献花篮……

人们用各种不同的方式

把怀念和崇敬表达

哦，韶山这块红色的圣地

曾经一度是那样的冷清、平淡

或许被人遗忘

顿时，我的情绪

被眼前这滚滚的热浪

所调动、所感染、所震撼

仰望高高的主席铜像

不知是汗水，还是泪水

不知是思念，还是崇敬

湿漉漉的，有些懵懵懂懂的思绪

起伏不停地随风飘荡……

相信

湖南省娄底监狱　彭平
（二十五届　三等奖）

相信

乌鸦的翅膀黯淡不了天空的颜色

乌贼的嘴巴染不黑海水

相信

日与夜会在黎明交汇

春与冬只隔着一场南风

相信

希望能让无力者有力让悲观者前行

相信

在信仰出走的时候播下信仰的种子

不断浇水

水泥路上也能长出百合花

七绝·狱警三十年后重游赤山监狱感怀代作

湖南省赤山监狱　谢寿联

（二十五届　三等奖）

湖山一去三十载，旧岛重游夙愿牵。

往日雄姿何处觅，眼前狱警是当年。

娘，老了（节选）
——"五一"小长假回家陪娘有感

岳阳市岳阳楼区人民法院　李平江

（二十六届　三等奖）

一抹斜阳，

拉长了娘单薄纤瘦的身影。

往日　神采奕奕的母亲，

如今　已步履蹒跚。

娘　老了，

每次和娘在一起，

再也听不到娘那样不停地叮嘱：

家庭要和睦，

工作要努力，

做人要吃亏。

如今的娘，

每次只是不停地重复：

不要牵挂我，

不要担心我，

我都大几十岁的人了，

死了也无妨。

娘　老了，

以前每次离家时，

娘总是追出村口，

左叮嘱右告诫。

如今的娘，

只会静静地，

靠在墙角，

默默地，

望着我们走远。

栀子花开

常德市强制隔离戒毒所　刘建国
（二十七届　三等奖）

戒毒康复医院的"十"字标志

被院前的一片栀子树映成绿色

栀子秉承山野之性

天生耐贫瘠、孤寂

也许没想过定要成为大树

也不奢求艳丽

只要有一阵雾

就能凝结成晶莹一滴

只要有一阵微风

都能微笑致意

为了不再有羸弱

远离霓虹闪烁

唯怀有一片常绿之心

也不是不爱春天

百花开罢我花开

撒向人间是馨香

在你痛不欲生之际

随意采撷一枝

放在床头

能否消你几多愁?

一朵白栀子

全部敞开心扉之时

就是一个白衣天使

父亲

邵阳市新邵县人民检察院　张钰辉

（二十七届　三等奖）

我是　乡村飞出的小鸟

曾在迷茫中　苦苦煎熬

翅翼上倾注着　深情的父爱

滋润了我　砺淬的羽毛

努力在　人生的旅途上奔跑

命运恩赐我　阳光大道

生活　幸福美好

方今　儿女已筑巢

可您　仍在费心操劳

您的恩情　比天高

今生永世　忘不了

亲爱的父亲

祝您幸福逍遥

身体安好

纯情

长沙市宁乡市公安局　龙跃豪

（二十七届　三等奖）

朦胧的晨

我痴痴的眷恋

纵使你百般娇媚

我只垂涎一滴晨露

窈窕的你

我痴痴的眷恋

纵使你万种风情

我只贪婪一个拥吻

我把最美的花儿送给你

只愿你　眼里没有泪痕

微笑　依然纯真

我用最美的诗歌赞美你

只愿你　眼里没有乌云

脸庞　依然滋润

也许我不够英俊

不能点缀你的背影

那就让我为你擦拭风尘

也许你已经习惯红尘

不愿阅读我的痴情

那就让我为你编织罗裙

无怨无悔　炙心灼情

你有梦想　我有初心

七律·观丹州草原（新声韵）

常德市强制隔离戒毒所　陈家庆

（二十七届　三等奖）

蜂飞雀跃画图中，暖雨试犁春意浓。

旭日穿云开笑魇，银鹰破雾傲苍穹。

牛羊遍地歌新曲，花草满坡描彩虹。

遥望先贤流血处，如今黎庶乐融融。

七绝·晃州春晚

怀化市新晃县委政法委　吴剑

（二十八届　三等奖）

一叶孤帆撕水边，笼纱落月近人圆。

归巢飞鸟从头过，唤起蛙声几片田。

七绝·登虎岩峰闻高铁长笛

邵阳市隆回县人民法院　屈成林

（二十八届　三等奖）

松竹浮烟三月雨，层峦踏足上云天。

眼前风物雾中隐，长笛一声过九边。

七绝·雨夜排忧

常德市汉寿县司法局　鄢洁

（二十八届　三等奖）

寒风瑟瑟路难行，午夜传来不睦声。

竭力排忧何畏苦，辛酸化作雨中情。

七律 · 观书法有感

怀化市洪江市公安局　易朝晖

（二十八届　三等奖）

注目凝神百念空，神通各显展威风。

横斜有度如飞凤，撇捺成形若舞龙。

铁秤居然来笔底，金钩竟尔落笺中。

颜筋柳骨今何在，放眼当前看列公。

七律 · 洞庭月色

岳阳市公安局　赵宏

（二十八届　三等奖）

孤柳倚江携砚客，丛篁碎月伴萧人。

寻夫不顾神疑远，捎信才知玉女真。

绿水常吟文正记，青山再谱沁园春。

七星北斗方明澈，一片冰心已绝伦。

笔录

邵阳市邵东县人民法院　范朝阳

（二十八届　三等奖）

那个在笔录上签字的人

没有左右手

不。他只是没有手掌

所以只能杵着双臂，并拢，如推磨

夹起水芯笔

他一字一顿写下：同，意，离

他匍匐在案几上

身边站着九岁的和十一岁的

扯他袖子的一对儿女

笔录记载着这一切。他那

大的女儿叫依依

小的儿子叫离离

曾有一个卑微的愿望

常德市津市市人民检察院　辛桓

（二十九届　三等奖）

曾有一个卑微的愿望

从寒冬的绝望里破土而出

我们期待可以走得更远

期待彼此能够靠得更近

就算与世隔绝的日子

也拒绝变成一座孤岛

我们隔着一扇门彼此凝望

我们隔着一条马路彼此凝望

我们隔着两台手机彼此凝望

相信更多的人

正隔着世界向我们凝望

待到冰河解冻待到雨过天晴

曾经的愿望早已不是梦想

我们随时可以走得很远

我们永远能够靠得很近

我是一条没有堤坝的河流

怀化市沅陵县人民检察院　蔡锦玮
（二十九届　三等奖）

我是一条没有堤坝的河流，

命运用野性装饰我的自由，

险滩锤炼出我的傲骨，

曲折使我意志更加醇厚。

我心奔腾是向着理想的大海，

我的拼搏是把执着写得很久，

我的每次欢笑来自撞击后的绽放，

我的每次跌落会带来更坚定的昂首。

还记得彩虹当胸披挂，

还记得鲜花在征途招手，

还记得牧童吹归的斜阳，

还记得杜鹃唱罢的枝头。

我的胸襟装下一片蓝天，

我的力量来自涓涓溪流，

一切丑恶被无情的荡涤，

一切狰狞全都甩在身后。

虽然前方充满艰险，

虽然前方还有暴风雨在等候，

一切都不能阻止我追梦的脚步，

为着心中的理想我会不停地向前奔流。

艄公赵

永州市江华瑶族自治县县委政法委　唐崇慧

（二十九届　三等奖）

河水至此平缓，仿佛樵夫

至此卸下百十斤的木柴

渡口在此，中间隔着楚河汉界

姓赵的艄公手拿竹篙

如同穿针引线，把两岸相连

烟波里，晴雨中，把一茬又一茬的人事

撑来撑去

喜事有糖，白事有泪

那日，艄公赵酒后吐真言：

天下无非黑白二字

再大的事，也无非船桨划出的旋涡

初时又大又圆，有激荡之势

随后，变小，变平，直至变成句号

走进红色沙洲

郴州市公安局　歌小毛

（三十一届　三等奖）

我略伴白云，

甜甜地走来，

随风飘散的枫叶，

是你岁月熬红的书签，

会珍藏在我最爱的诗里。

我身披阳光。

轻轻地走来，

明澈透底的河水，

是你欢快喜悦的歌唱，

会进入我最甜的梦中。

我牵手清风，

悄悄地走来，

轻盈优雅的舞姿，

是你青春魅力的展示，

会收进我最美的记忆。

我不忘初心，

虔虔地走来，

铿锵有力的誓言，

是你对党忠诚的诠释，

会铭记在我最牢的心中。

深情与信念

湘西自治州吉首市人民法院　汪羽

（三十一届　三等奖）

有一种深情

即使遍体伤痕也得维系

只要能成，疲惫的躯干亦能欢庆

有一种信念

哪怕粉身碎骨也要坚持

唯愿如恒星般走过光年亦能相见

为这一份深情，这一腔信念

走动的是你匆匆的脚步

摆动着的是你法袍的衣角

传来的是法槌敲击的声音

对视，如在闷热的夏季伴着雨声吹来的一阵凉风

吹散彼此心间的烦闷

让鱼水深情流淌

埋头，如任尔东西南北风却坚毅挺拔的翠竹

坚劲地立根在信仰之上

让法治信念的光芒闪耀

行香子·退休谣

岳阳市临湘市人民法院　李继平

（三十二届　三等奖）

透亮鱼缸，锦鲤徜徉。弄纤姿，秀口频张。轻摇纱尾，曳动波光。看几多欢，几多健，几多忙。

小小厅堂，满满秋阳。乐陶陶，诗伴歌扬。侍花培草，静动循章。正无心烦，守心畅，享心康。

苏幕遮·绿江书院

株洲市醴陵市公安局　熊楚平
（三十二届　三等奖）

汉时城，江南邑，钟灵毓秀，一水迤向西。

书声弦歌伴朗月，古樟葱郁，美景独此妍。

沅澧共，衡庐依，湖湘正学，文脉传千年。

陶左夜话谈古今，英才迭代，仙山聚贤齐。

七律·登茶田读书亭

湖南省吉首监狱　杨通云
（十八届　新人奖）

年少书穷尝仰止，秋高投笔步东藩。

眼前有景帧帧画，心底无私湛湛天。

两袖萍风耕杏岭，一蓑星雨种茶田。

人间正道豪情在，岂信关山行路难。

念奴娇·登南岳

湘西自治州人民检察院　向云波
（十九届　新人奖）

雁飞南北，千秋过，留此江山胜迹。回雁峰前翻翠浪，满目松竹重叠。层嶂风清，天高云静，一望湘楚阔。舜天尧日，值此中兴时节。

多少墨客骚人，用雄毫斫就，便成凄切。拍栏高歌歌未竟，只叹早生华发。我今登临，把峰前春树，分付宾客。趁红日正暖，为君吹梅笛。

后　记

　　"文章合为时而著，歌诗合为事而作。"这本由湖南省政法系统书画诗词研究会主编、湖南省政法系统书画诗词研究会诗词分会协助编撰的政法系统经典诗词集，汇聚了自 2002 年至今政法系统同志们创作的优秀经典诗词，既是湖南政法系统对正义与公平的庄重宣言，也是对中华文化深沉敬仰的明证。诗词中的每个字眼，都闪烁着公正、公平、公开的理想之光，照亮了我们前行的道路。

　　在编撰这部诗词集的过程中，编者深深折服于中华文化的博大精深，同时也深切感受到政法系统的文化厚重。这些诗词，既有文人墨客的高山流水，也有政法战士的忠诚写照。它们既保留了古典诗词的优雅韵律，又展示了现代诗歌的鲜明特色。每一首诗、每一句词，都凝聚了作者的心血与智慧，都显现了他们对政法事业的执着与热爱。

　　这部诗词集，是我们对政法事业热爱的自然流露。希望通过这些诗词，传递出政法干警对于公平正义的信念与追求，让更多的人了解政法系统的精神文化。

　　在编辑这部诗词集的过程中，我们得到了许多领导和同事的大力支持与帮助。他们的关心与指导，为我们的工作提供了强大的动力和支持。许多同事也积极参与这项工作，提出了宝贵的建议和意见。在此，我们要向所有关心和支持我们工作的领导和同事表示衷心的感谢。

最后，我们要说，这部政法系统经典诗词集是我们对政法事业的一份献礼，也是我们对中华文化的一份致敬。这些经典诗词不仅是我们的精神财富，更是我们政法系统的文化瑰宝。在未来的工作中，我们将继续发扬中华文化的优良传统，为建设更加公正、公平、公开的政法事业而努力奋斗！

湖南省方志文史研究院、长沙市雨花区小康编辑部参与了《湖南政法诗词集锦》的编辑和出版工作。

因时间仓促，水平有限，敬请各位读者批评指正。

编者

2024 年 7 月

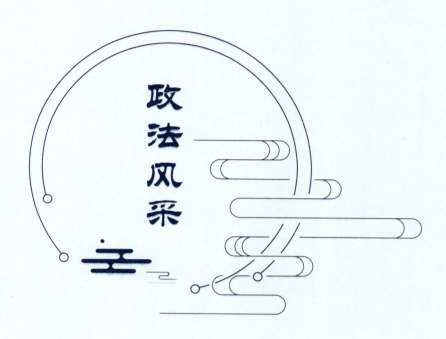

政法风采

三一集团有限公司

三一集团有关情况

三一成立于1989年，现有3家上市公司（三一重工、三一国际、三一重能），公司总资产超2000亿元，在国内12个省市设有生产基地，在海外建有印度、美国、德国、巴西、印尼五大研发制造基地，业务遍及全球100多个国家和地区。

2023年三一全集团实现销售额1345亿元，其中海外销售额513亿元，实现历史性跨越。三一集团成功跻身福布斯世界500强企业排行榜，位列第468位。

目前，三一已进入了工程机械行业的几乎所有产业，而且主要产品都做到了"数一数二"（70%的产品市占率全国第一）。其中，混凝土设备市场占有率世界第一，是当之无愧的"世界泵王"；挖掘机连续两年产销量全球第一，起重机械、矿山机械、港口机械、桩工机械、成套路面机械等处于行业领先地位。

同时，三一新能源风电、重卡、装配式建筑、工业互联网、石油装备、环保设备等新兴产业也在迅速发展。

知名的三一商标

近年来，三一全球范围专利布局，保持对市场的关注，及时打击和清除市场上侵犯知识产权的行为，以保护消费者权益、净化市场、维护企业知识产权，为中国工程机械行业发展做出了积极贡献。

1988年，涟源焊接材料厂作为申请主体，成功注册了第一枚商标。商标主体部分由三个"1"造型首尾相扣，形成一个金字塔结构，对称结构体现工业感及稳定感，传达出"打造三个一流"的企业愿景。商标下方的宋体字"三一"也十分引人注目。

目前，三一集团拥有注册商标1100多枚，其中境内商标500多枚，境外商标500多枚，已在超过100个国家获准注册；专利申请13000多件，专利授权12000多件。

在2006年，发生了一件在三一集团乃至中国企业发展史上不得不提的事。

2006年，三一重工将公司的图形标识和文字"SANY"作为商标申请在英国注册，当时戴姆勒—奔驰公司即对三一商标的注册表示反对，要求对该商标进行异议审查。而在异议审查程序未结束时，戴姆勒更是以"三一图形商标与奔驰的'三叉星'近似构成侵权"等几条理由，将三一推向了英国伦敦高等法院的被告席。

2009年1月，戴姆勒又向法庭申请本案使用简易判决程序，要求对三一商标在英国的使用采取临时禁令。然而法院根据三一提供的证据，以戴姆勒理由不充分驳回请求。简易判决失效后，案件继续适用普通程序审理。

面对翔实的证据，2009年10月，英国伦敦高等法院作出判决认为，三一重工在英国市场使用标识的"意图"，只是因为这一标识是三一重工在很久以前已经创立且被该公司一直使用的商标，没有证据充分说明三一标识的表现形式接近三叉星标识。该案的审判结果也意味着戴姆勒再也不能以相同理由向欧盟任何一个成员国提起诉讼。自此，三一重工与戴姆勒的商标之战取得了实质性的胜利，此案也被称为"中国知识产权国际胜诉第一案"。

资兴市人民检察院

近年来，资兴市人民检察院坚持以党建为引领，以培育和践行社会主义核心价值观为主线，弘扬"崇法、尚德、守正、为民"院训，坚定文化强检铸检魂的理念，文明创建工作取得新进展。先后获评全国检察宣传先进单位、全省先进基层检察院、全省"守望正义——群众最满意的基层检察院"、全省基层检察院机制建设示范院、全省模范职工之家等43个市级以上先进集体。创建的"红绿融合探索'两山'检察实践标杆地"获评全省党建业务深度融合优秀典型案例，《"五官六事"护碧水——让跃出东江湖的鱼儿都认识检察官》获评全省十佳文化品牌，该微视频获全省总会微视频大赛一等奖，《"五官六事"话履职》荣获全省检察机关三湘检察故事会宣讲二等奖。

强化组织领导，筑牢文化根基

资兴市人民检察院党组始终坚持文化育检，以争创"全国文明单位"为目标，成立了以党组书记、检察长为组长，其他班子成员为副组长，政治部为主、各内设机构负责人为成员的文化建设领导小组，设立了专门办公室，抽调专职人员，负责文化建设的组织协调督查工作。同时，该院明确工作责任，把文化建设工作列入党组议事日程，检察长亲自部署指挥、抓落实，从分管院领导到部门负责人和每位干警，逐人逐项落实责任，并强化措施落实，严格考核奖惩。每年召开文化建设工作大会，进行再动员、再部署，传达全国、省、市精神文化建设工作要点，研究部署该院文化建设工作。将文化建设纳入绩效考评管理办法，分类细化目标任务，确保了文化建设工作进度、责任、目标、措施的四落实。制定和完善文明科室、文明干警、文明家庭评选制度，形成了人人有责任、人人有任务、人人争当文明干警的良好局面。

强化党建引领，写好融合文章

资兴市人民检察院完善并认真落实党组理论中心组学习制度、民主生活会制度及党风廉政建设主体责任制度，严格落实"三会一课"制度，严肃党内生活，把文化建设与党建结合起来，让文化建设赓续红色血脉。深入挖掘谭政文故居等资兴红色资源，高标准推进党性教育基地建设。坚持"一月一片一课一实践"主题党日活动和党员政治生日，先后组织开展"践行'两山理念'植树造林美环境""接受红色洗礼 赓续红色血脉""弘扬'第一军规'精神 推动检察事业发展"等活动，引领广大干警增强"四个意识"、坚定"四个自信"、捍卫"两个确立"、做到"两个维护"。同时开展"治陋习、树新风""好家规好家风好家训""拒绝邪教""远离毒品"等系列活动，教育引导广大检察干警把维护社会公平正义作为崇高的职业使命和价值追求。

强化道德教育，培育文明新风

资兴市人民检察院以社会主义核心价值观为主线，将诚信教育、道德教育贯穿于文化建设之中。制定《培育和践行社会主义核心价值观实施方案》，把社会主义核心价值观纳入党组学习中心组年度学习计划及干警教育培训的必修课程，共组织8个专题学习和5次专题培训。持续开展全员诚信教育，向社会公开承诺"六个严禁"，强化干警诚信理念、规则意识和契约精神。注重典型选树的时代性，提升选树工作的系统性，扩大先进典型的影响力。涌现出全国青少年普法教育优秀辅导员李江萍等先进个人80余人次。扎实推进文明实践讲堂，有针对性开展检察职业道德教育，举办文明实践讲堂10余次，使检察职业精神和道德理念真正内化为干警的内在信念和行为准则。

长沙县人民检察院

长沙县人民检察院始建于1955年，先后历经潘家坪、幸福桥151号办公地，1995年12月迁至现址星沙街道望仙路37号。院内习近平法治思想文化山巍然屹立，"东方红"运动场绿树环绕，"益星辰"公益诉讼检察中心、未检一体化办案中心、知识产权检察综合履职中心、慧鲠检察素能提升中心、数字检察中心等基础设施建设德法相融、慧心惠民。

长期以来，该院秉承"崇法、持正、笃实、守廉"院训，坚持政治建院、法治立院、德治兴院"三治共进"，党建红、文明金、检察蓝、生态绿、清廉白"五色交辉"的发展思路，创新开展集"星检学"讲习营、"星检说"普法团、"星检跃"争先队、"星检尚"志愿连、"星检洁"清廉军于一体的"五星红文明行"活动，带动全院创新实干、勇攀高峰。先后荣获全国模范检察院、全国先进基层检察院、全国检察机关集体一等功、全国检察文化建设示范院、全国科技强检示范院、全国巾帼文明岗、湖南省文明标兵单位、全省检察机关扫黑除恶专项斗争先进基层人民检察院、长沙检察机关公诉业务竞赛区县队团体第一名等市级以上集体荣誉200余项。

该院致力高质效办好每一个案件，市县两级院共同办理的涉环境保护公益诉讼监督案入选最高人民检察院第十三批指导性案例，该院督促整治游泳场馆安全和反电信网络诈骗两起公益诉讼案件获评最高检典型案例，湘江流域非法采矿刑事附带民事公益诉讼案获评最高人民检察院"守护一江碧水"长江采砂治理典型案例，督促治理向未成年人出售电子烟行政公益诉讼案入选全国检察机关"千案展示"案例。国土领域非诉执行监督系列案获评全国行政检察优秀案件，强制隔离戒毒领域行政检察监督案荣获全国优秀行政检察类案和全省典型案例、优秀法律文书。涉民间借贷虚假诉讼监督案入选最高检2023年民事检察亮点工作案件盘点，两次获《检察日报》推介。就不动产登记服务问题制发检察建议，获评湖南省2022年唯一的全国检察机关职务犯罪检察类优秀检察建议。办理的职务犯罪案件入选湖南省监察委员会、湖南省高级人民法院、湖南省人民检察院联合发布第二批行贿犯罪典型案例。

多项经验获上级认可，该院就政治建设与业务建设深度融合工作经验在全省检察系统政治工作会议作典型发言，《聚焦三个重点，全力推进先进基层检察院建设》经验获第十五次全省检察工作会议印发推介。运用数字检察开展违法超限超载监管领域行政执法检察监督，获全省行政检察工作会议推介经验，获评2023湖南政法系统智能化建设创新交流优秀创新案例。继2022年"三化促三融"普法机制获全省第一批基层检察院建设典型事例后，2023年知识产权检察工作再获全省第二批基层检察院建设十大典型事例。

作者简介

　　许琼山，长沙县人民检察院党组书记、检察长。出身岳阳农家，毕业于中国人民大学法学院，家学远承高祖清末秀才许九成先生和叔曾祖武汉大学法学院许晓麓教授。案牍之余常跋涉而放咏，步旧律以押新韵，旷然自达。其作品情文并茂，含义深刻，意境宏阔，曾在全省政法系统书画诗词摄影展获奖。

长歌行·习悟毛主席陕北公学题词

民族昔蒙难，倭奴寇中原。

新生革命根，圣地在延安。

陕北公学创，旭升宝塔尖。

庭轩延河畔，洞屹清凉山。

主席开首课，先锋湛内涵。

大批人造就，政治远见瞻。

富有斗争志，牺牲节气燃。

胸怀坦白凛，积极忠诚虔。

唯一为解放，不谋私利廉。

志坚不狂妄，勇敢不畏难。

不做风头者，实诚干在前。

复兴栋柱育，抗战砥流坚。

红色基因续，中华根脉传。

人民共和国，人大崭开元。

奋进新时代，巡临求是园。

重温殷嘱托，厚望我青年。

强国先锋茂，担当检察官。

念奴娇
——泸定感怀

群山莽处，

极天际，

近揽星辰日月。

大渡河寒，

凌铁索，

险堑须臾飞越。

峭壁摩霄，

惊涛胜箭，

一泄千年雪。

崇川峻岭，

平添多少胆色？

北上抗日通途，

金沙江巧渡，

神机妙策。

安顺场贲，

骇浪东，

强渡孤舟一叶。

万里长征，

光明顶纵目，

此间壮阅。

中山峰左，

冰昭主席伟略！

七律·阳春朝悟

蓝图巨擘睿高端，文武全才重任担。
实事沉研求是切，人民解放共和先。
慧开岳麓策源地，法鲠韶山红旭天。
万目葱茏舒奋发，只争朝夕谱新篇。

七律·夏登岳麓山

湘流蔚岳九回旋，吞纳洞庭八百川。
汉魏最初名胜茂，湖山第一道场恬。
濂溪正脉书生气，云麓清风伟烈元。
仰翼垂天十万里，观松拔地五千年。

七律·传承长沙县红色基因

建党百年溯主源，长沙栽木拄长天。
骄杨丽质杨开慧，霁月光风许让衔。
明志断肠忠勇工，笃行特立楷延安。
国歌主笔堪田汉，法治承贤珞珈山。

七律·闽南书怀

井冈星火旺燎原，政治建军盛古田。
民主集中枪拥党，初心使命后承前。
舒文厦大楼映雪，演武水师址上弦。
直骋平潭济台海，山河一统挂云帆。

作品欣赏

奋进中的湖南建设投资集团

湖南建设投资集团有限责任公司成立于2022年7月，由原湖南建工集团、湖南交水建集团与湖南发展集团部分子公司合并重组建而成，是一家以房屋建筑施工、路桥市政建设施工、水利水运港口码头建设施工，能源环保基础设施建设施工，工程建筑勘察设计咨询和智慧建筑，房地产，服务自身的产业投资及金融业务为主业的大型千亿级国有企业集团，主体信用等级AAA，位居2023中国企业500强第164位、2023湖南企业100强第3位。为湖南省第一家获评"省长质量奖"的省属建筑企业，曾获得"全国五一劳动奖状""全国脱贫攻坚先进集体"等荣誉。

集团注册资本400亿元，年生产（施工）能力3000亿元以上，总资产超2500亿元。目前，拥有7家特级、多家一级总承包资质子公司。现有包括64名博士、2469名硕士在内的共计4.3万在册职工。有一级建造师4397人，副高以上职称6133人，各类注册执业资格人才11602人。经营区域已覆盖全中国，在亚洲、非洲、拉丁美洲和大洋洲的49个国家和地区实质性开展国际业务。

集团先后承建或参建了矮寨大桥、长沙贺龙体育馆、长沙黄花国际机场、湖南省博物馆、港珠澳大桥、塞内加尔竞技摔跤场等国内外标志性经典工程。先后有1000余项工程获评鲁班奖、詹天佑奖及林德恩斯大奖、GRAA国际道路成就奖等，累计荣获1600余项国家级和省部级设计、施工、科技奖项。其中国家科技进步一等奖1项，国家科技进步二等奖16项，中国建设工程最高奖鲁班奖149项，国家优质工程奖110项。2023年集团承接业务3038.85亿元，同比增长6.26%；实现营业收入1700.61亿元，同比增长2.18%；实现利润总额41.13亿元，同比增长12.29%。

新起点，新征程，新作为。湖南建设投资集团将重点围绕建筑业打造设计、施工、运营和投融资产业链，成为链主企业。承担省委、省政府重大项目建设和抢险救灾等功能性任务，致力建设世界一流建设投资企业。

怀化铁路运输检察院

怀化铁路运输检察院作为专门检察院，于1980年9月初开始筹建，1982年5月1日起正式开始办案。自成立以来，先后被最高人民检察院评为"全国检察系统先进集体""人民满意的检察院""全国检察机关检务保障工作表现突出集体""记集体一等功"，荣获"五好检察院""湖南省直机关文明标兵单位""湖南省直单位模范职工之家""全省检察文化建设示范院""读书风气最盛检察院""省直单位五一劳动奖状""省直职工书屋示范点"等多项荣誉。

近年来，在湖南省检察院、广铁检察分院的正确领导下，新一届院党组确定"建一流机关、带一流队伍、创一流业绩"的奋斗目标，全体检察干警踔厉奋发，砥砺前行，书写怀化铁路运输检察院全新篇章。

以党建为引领，推动党建与业务深度融合，以辖区内公益"慢火车"为载体，通过一系列深入调研，推动党建与业务紧密联系，打造具有"铁检"特色的"检助公益'慢火车'跑出幸福'加速度'"党建品牌，守护百姓们的"致富路"。

以人才为根本，高度重视队伍素能提升，开办"五溪讲堂"，邀请各领域专家、教授、学者或实务骨干来院授课，"请到家里来"为干警划重点、解难题，开阔眼界、增强能力。开设"检察夜校"，用好8小时以外的时间，让干警们既讨论业务，又分享生活，在全院范围内带动全体检察干警形成良好的学习、思考、交流氛围，进一步增强检察使命担当的思想自觉与行动自觉，多位检察干警在各自条线多次入选全省检察机关"优秀办案个人""业务尖子"等。

以严的基调，强化纪律作风建设，压实党风廉政责任，发挥"关键少数"作用，推进清廉机关建设。认真落实"一岗双责"，狠抓防止干预司法"三个规定"的落实，确保有问必录、应填尽填。召开全院纪律作风建设大会，压实党风廉政责任，筑牢廉洁从检思想防线。常态化开展警示教育、廉政教育活动，集中开展廉政警示教育大会，组织前往廉政教育基地参观学习等，同时常态化开展日常会风会纪、纪律作风检查，积极在多平台宣扬廉洁文化，全面推进检察工作夯实求效、风清气正。

以高质效办案为追求，办好每一起案件作为基本价值导向，努力让人民群众在每一个案件中感受到公平正义。依法能动履职，打击了一批危害铁路运输安全的刑事犯罪，集中精力办理公安部铁路公安局督办的"9·6"系列诈骗专案，依法打击了侵害旅客财物的违法犯罪，跨省协作有针对性地开展诉源治理，写好案件办理的"后半篇文章"。作为跨行政区划检察改革试点单位，主动摸排线索，守护湖南三山四水，办理的一起行政公益诉

讼案件，先后入选"2021年度全国检察机关检察公益诉讼优秀案例""2021年度湖南省检察机关公益诉讼守护美好生活专项监督活动典型案例"等。积极推动《湖南省铁路沿线环境综合整治问题隐患清单》中的问题整改，开展涉铁燃气管道安全公益诉讼监督专项行动，有效保障铁路运输生产安全。案件办理成效多次被《检察日报》《湖南法治报》及湖南都市频道等媒体宣传报道。与此同时，怀化铁路运输检察院将诉源治理的触角向基层延伸，与怀铁法院、会同等5个县(市)司法局联合会签协调推进行政争议实质性化解的工作方案，把问题化解在源头、平息在初始，实现案结事了政和。相关机制、案件、文书

被评为"全省检察机关行政检察优秀办案制度机制""全省检察机关优秀案件""全省检察机关优秀社会治理类检察建议"。

桃江县人民法院

文化建院启智润心　清风法韵凝心聚魂

桃江县人民法院位于有"楠竹之乡"美誉的益阳市桃江县桃花江镇。作为省级文明单位和全省政法系统文艺之星单位，该院坚持以习近平新时代中国特色社会主义思想为指导，大力弘扬以忠诚为民、崇法尚德、公正廉洁、刚正不阿、改革创新为主要内容的新时代人民法院文化，创新法院文化内容和载体，用"尊法、唯实、审慎、公平"的理念举旗帜、聚民心、育新人、兴文化、展形象。

诗词摄影展等比赛中获奖（其中王筱获一等奖3次、卢靖峰2次、李月明1次）及其他重大展览中获奖入展。该院还拍摄了《姐·弟》《围城》《十一》等多部接地气、传得开、留得下的原创视频作品，以鲜活的案例讲述法院故事，获评省市多个奖项。

以文化倡廉洁，恪守司法良知。该院充分发挥廉洁文化的教育、引导、激励、浸润和约束功能，推动法官清正、法院清廉、司法清明。78块警示标语根据部门职能分布

省市法院领导参观桃江法院院史荣誉室

省院内廉政承诺石

家事法庭书法作品

以文化聚人心，构筑精神高地。桃江县人民法院坚持在持续深化的理论学习中涵养政治素质，在捍卫"两个确立"、做到"两个维护"的实践中锤炼政治忠诚。树牢问题导向、短板思维，制定《理论学习制度》，对不同岗位干警有针对性地开展教育培训，明确每周五下午开展集中学习，有效解决"工学矛盾"。打造文化走廊，展示历届党和国家领导人反腐倡廉重要论述、政法英模事迹、警示教育、制度建设等内容，崇尚理论、注重学习、遵纪守法已蔚然成风。

以文化育人才，繁荣文化成果。"法治彰显力量，知识启迪人生"，院内"读书亭"上由干警书写并雕刻着这样一句"法味"浓郁的楹联。通过成立业余书画兴趣班，积极鼓励干警参加各级书画展览和比赛，产生湖南省书法家协会会员3名，3人均多次在省政法系统书画

在审判大楼每层楼的走道。《桃江县人民法院管理制度》按照政治建设、廉政建设、政务建设、审判管理四大管理体系确定40项管理制度，以"钢"的制度促进"铁"的纪律。审判大楼正后方立有一座由该院干警书写的"廉"字碑，全院干警的签名承诺镌刻在"廉"字周围，"廉洁奉公"早已成为全体桃法人刻在骨子里的职业坚守。

以文化促审判，坚定法治信仰。"家和人兴百福至，儿孙绕膝花满堂"，在婚姻家庭纠纷调解室，亦挂有由干警书写的对联。"尊老爱幼，男女平等，夫妻和睦，勤俭持家，邻里团结"……一幅幅书法作品寄托了柔性调解家事案件的理念和对人民群众的深情厚谊。随着院史荣誉室、图书阅览室、廉政书画室等文化阵地一步步建设完善，审判工作现代化的文化意蕴将与桃江法院司法实践相互促进，绘就一幅新时代人民法院文化的壮丽图景。

文化驱动　星火燎原

会同县人民法院文化建设情况

近年来，会同县人民法院以习近平新时代中国特色社会主义思想为指导，紧紧围绕"努力让人民群众在每一个司法案件中感受到公平正义"工作目标，牢牢把握司法为民、公正司法主线，将文化建设与审判工作紧密结合，采取有力措施加强文化建设，积极推进人民法院文化繁荣发展，围绕传播弘扬法治精神、服务法治国家建设做了一定的工作，有力地推动了会同法院各项工作的科学发展。2023年3月，该院被授予全省政法系统"文艺之星"单位，文化建设取得新的进展。

以文铸魂，筑牢绝对政治忠诚

坚持将红色文化转化为推动法院队伍建设的强大力量，大力发掘法院文艺人才，加强对文艺骨干的培训力度。充分激发广大干警参与文艺活动的积极性、主动性、创造性，建设讲政治、懂业务、有专长的法院文艺人才队伍。

以文创新，打造特色文化阵地

焕新文化设施面貌，搭建文化活动平台。2022年8月完成了文化阵地的升级改造，建立了院史文化展厅，完成了图书室改造建设。开展各项活动，取得较好效果。组织开展登山、插花、演比赛、有奖征文、文艺会演等活动，活跃工作氛围，提高文化水平。春节前夕，组织开展送春联活动，努力构建和谐群众关系。

以文赋能，提升为民服务水平

树牢司法为民理念，将服务文化融进干警血脉。升级版的诉服中心于2023年8月投入使用，功能设置更加全面、服务更加智能便捷、环境更加舒适整洁，为当事人提供最好的场所、最优质的服务；3个法庭全部完成数字化建设，实现"指尖"立案、"云端"办案、"智慧"执行，不断提升信息化、现代化建设水平，以"数字正义"推动实现更高水平的公平正义。

创新便民利民服务举措。以本土文化为载体，厚植诉讼法治土壤。深入推进"三源共治"，积极探索"小法院、大法庭"诉源治理新路子，将基层法庭打造成集咨询、立案、调解、法宣于一体的"家门口"式诉讼服务平台。

以文养廉，营造清朗政治生态

持续在"廉"字上下功夫，将廉政文化与主流文化、先进文化融合，以实现"干警清正、机关清廉、司法清明、文化清朗"的良好生态为目标，压责固廉、教育养廉、监督促廉、文化兴廉多措并举推动清廉法院建设，努力打造党和人民信得过、靠得住、能放心的忠诚干净担当的法院铁军，营造廉洁司法、公正司法的优良环境。

下一步，会同法院将坚持社会主义先进文化前进方向，以社会核心价值观为引领，更好地发挥法院文化凝聚人心、改善管理、滋养队伍、推动工作的重要作用，不断提高文化建设质量和水平，更好地为审判工作和队伍建设提供价值引导力、文化凝聚力、精神推动力，奋力推进新时代人民法院工作实现新发展！

中共桃江县委政法委员会

加强新时代文化建设　打造看得见的政法文化力量

近年来，中共桃江县委政法委员会在省委政法委、市委政法委的坚强领导下，持续推进机关文化建设，围绕"书香政法、文艺政法、活力政法"为主题，形成政法文化建设与政法工作相互促进、共同发展的良好局面。2023年3月被授予全省政法系统"文艺之星"单位。

坚持党的领导，建强文化建设机制

桃江县委政法委始终以党的政治建设为统领，不断增强"四个意识"、坚定"四个自信"、做到"两个维护"，

组织干职工参观爱国主义基地

全面加强党对文化工作的领导。坚持把文化建设纳入桃江政法工作整体部署中去筹划和推进，积极搭建"三个一"学习载体，举办政治轮训、专题讲座、支部书记上党课、"红马甲"课堂等理论讲堂；开展红色教育、英模教育、廉政文化教育等活动，进一步加强干职工理想信念和思想道德教育，有效促进文化建设工作开展。

坚持以人为本，增强文化建设力量

桃江县委政法委牵头将政法系统爱好文艺、有文艺

营造"读书好、好读书、读好书"机关氛围

特长的同志聚集起来，以"对内活起来、向外走出去"的方式进行培育，激发文艺工作者的潜能，为新时代文化工作提供坚强人才保障。目前桃江政法系统有老中青文艺爱好者50余人，形成了老中青齐头并进、和谐发展的文艺人才梯队。组织文艺爱好者参与各类培训，进一步提升文艺爱好者的素养和品位，引导和鼓励文艺爱好者潜心创作。

坚持守正创新，擦亮政法文化品牌

近年来，桃江县委政法委不断创造条件，搭建平台，表彰激励，宣传推介，为构筑桃江政法精神文明新高地奠定坚实的根基。打造书香政法。在办公楼区域开辟文化长廊，放置各类书籍，把"读书好、好读书、读好书"的阅读理念融入机关作风建设。打造文艺政法。坚持以政法文艺讲好桃江政法故事，鼓励机关干部进行影视艺术创作，组织文艺爱好者参加省市县各类文艺比赛。打造活力政法。明确以党支部、工会为文化建设的核心载体，通过组织开展丰富多彩、情趣高尚、寓教于乐的文化活动。

下一步，桃江县委政法委将坚持打造"桃江政法文化品牌"为目标，持续推动文化建设，以先进文化引领、推动桃江政法事业不断前进，为建设平安桃江、法治桃江注入强大的力量。

干职工参加文体活动

开展文化建设工作

干职工在洪山小学进行义务支教

慈利县人民检察院

提升检察文化软实力　打造检察工作硬品牌

1955 年 9 月，慈利县人民检察院始建于五雷山下、澧水之滨，1989 年迁至现址办公。现有内设机构 8 个，分别为政治部，办公室，第一、二、三、四、五、六检察部。核定中央政法专项编制 52 名，现有在职在编干警 47 名。慈利县人民检察院高度重视检察文化建设，坚持以习近平新时代中国特色社会主义思想为指导，高站位抓谋划、高起点育人才、高质量创精品，运用先进文化引领方向、鼓舞士气、凝聚力量，用文化"软实力"推动慈利检察事业持续高质量发展。

夯实文化阵地，打造工作"加油站"

慈利县人民检察院积极适应新时代、新要求，创新干警学习新模式，坚持一手抓硬件提质改造、一手抓软件优质服务，从文化人才培养、创作环境等方面给予大力支持。一是全面统筹抓谋划。把检察文化建设融入检察工作发展大局，和检察业务工作同向发力、同时安排、同步落实。开辟各类文化阵地，建设廉洁文化长廊 5 层，职工书屋 1 个，活动中心 3 个，"青舟小站"未成年人法治教育基地 1 个。结合干警自身兴趣爱好，成立书画、文学、体育等兴趣小组，鼓励大家踊跃参加各类文体活动。二是提质改造抓硬件。投资 30 余万元修建检察阅览室，占地面积 100 余平方米，

"青舟小站"法治教育基地

藏书 4000 余册，报纸、杂志 30 余种。对阅览室的建设场地、总体布局、格调气氛、书籍种类、设备添置、综合管理等均进行了独特的设计和合理的安排，建成环境优雅、适宜学习的温馨"书吧"，荣获全国总工会颁发的"中华全国总工会职工书屋"称号。三是优质服务抓软件。把满足检察干警的文化需求作为检察文化建设的基础，对文艺人才，理直气壮地"推"、真心实意地"扶"，让文艺爱好者和文艺成果被尊重、被认可，积极推荐了高月娥、褚慈华等干警加入湖南省检察官文学艺术联合会，涌现了一批优秀文化人才。

激发文艺热情，充盈人才"蓄水池"

慈利县人民检察院围绕检察中心工作，积极开展检察文化艺术活动，发现、培养检察文化艺术人才，积极为文化文艺骨干搭建展示才艺的平台，探索创新人才培养的务实举措，人才队伍不断壮大。一是与各类主题教育相结合。以政法队伍教育整顿、党史学习教育等活动为载体，加强检察职业道德建设，引导广大干警自觉树立起"忠诚、为民、公正、廉洁"的职业操守。二是与各类文体活动相结合。以重要节日、重大纪念活动为载体，组织干警参加征文、演讲、摄影、书法、绘画、拓展训练等活动，培养团队精神，展示干警才华。三是与创先争优活动相结合。鼓励干警参加文化艺术类比赛，获湖南省检察机关"三湘检察故事会"一等奖、第一届检察公益诉讼故事汇"十佳故事"、征文活动二等奖、湖南省政法系统第 28 届书画诗词摄影作品展诗词类优秀奖、全市检察机关文艺会演活动一等奖等荣誉。

促进成果转化，激活干事"大舞台"

慈利县人民检察院通过大力实施"文化育检"工程，将检察业务与检察文化建设巧妙融合，成效显著。一是以

慈检青年说

短视频为依托塑造检察形象。慈利县人民检察院积极顺应新媒体时代信息传播格局发展变化，紧扣"四大检察""十大业务"，加大视频创作力度，努力提升检察新闻宣传播力、引导力、影响力、公信力。拍摄的微视频作品《助力乡村振兴，我为检察机关点赞！》被最高检评为"全国检察微视频优秀奖"；微视频作品《未你，千千万万遍》被省院评为"全省检察机关优秀微视频奖"。制作并发布"青舟小站"未成年人检察原创MV《青舟》，扛起新时代未成年人司法保护检察职责，不断擦亮"青舟小站"未检品牌。

二是以文化为引领争先创优。在检察文化引领下，慈利县院队伍建设、检察文化建设、品牌创建等多项工作受到上级院和其他部门的高度肯定。先后获国家节约型机关、全省检察机关检察文化建设示范院、全省检察机关第三届读书风气最盛检察院、全省政法系统文艺之星单位、湖南省模范职工之家、湖南省文明标兵单位、全省检察机关扫黑除恶专项斗争先进集体、湖南省巾帼文明岗、全省检察机关十佳文化品牌等，多个案件先后入选最高检公益诉讼检察服务乡村振兴、助力脱贫攻坚典型案例、省院典型案例。涌现出了全国控告申诉检察业务能手、全国控告申诉检察人才库成员、湖南省检察机关控申业务竞赛"业务标兵"、湖南省检察机关未成年人检察竞赛业务能手、全国打击骗取留抵退税违法犯罪工作成绩突出个人、湖南省检察机关优秀控申检察工作者、湖南省检察机关扫黑除恶专项斗争先进个人、省总工会芙蓉悦读者、全省政法系统文化建设先进个人等专业人才。

获得荣誉

读书分享会

青舟法治课堂

永州市零陵区人民检察院

依托"六大高地" 打造"廉心检韵"

清廉机关阵地建设

近年来，永州市零陵区人民检察院坚持以习近平新时代中国特色社会主义思想为指导，深入学习党的二十大精神，贯彻落实好习近平总书记考察湖南重要讲话指示精神，尤其是全面落实习近平总书记关于全面从严治党的重要论述，以搬迁新院为契机，推深做实各项阵地建设工作，推动"软件""硬件"双提升，引导全体干警职工不忘初心使命，强化担当作为，通过走好"六大高地"路径，擦亮"廉心检韵"廉政品牌，为奋力推动现代化新零陵检察工作高质量发展注入"廉动力"。先后被评为湖南省文明标兵单位、湖南省先进基层检察院、湖南省检察机关常态化开展扫黑除恶斗争先进集体、湖南省政法系统"文艺之星"单位，全市先进基层检察院（连续5年获评）等37项集体荣誉；42人次获国家、省、市级表彰；以全国模范检察官蒋冬林为原型拍摄的微电影《我是一条河》获评第六届平安中国"三微"大赛优秀微电影、在全省党员电视教育片现场观

清廉机关活动掠影

摩交流活动中获评一等奖。主要做法如下：

一是坚持党建引领，全力打造清廉机关思想高地。持续发挥机关党建工作的红色引擎作用，全力打造"零检红心"特色党建品牌，为更好建设"廉心检韵"赋能增效。坚持以规范化党组织建设夯实清廉机关示范点建设根基，坚持以常态化党内政治生活擦亮清廉底色，以思想政治为引领，全力构建常态化学习机制，持续深化党组理论中心组学习、党组"第一议题"、党支部"三会一课"、主题党日活动等各项制度，通过主题知识竞赛、主题微党课、微电影等形式多样的学习活动，教育引导干警知敬畏、存戒惧、守底线，增强干警不想腐的思想自觉。

二是突出文化育廉，全力打造清廉机关文化高地。注重廉政文化的浸润作用，依托"五个示范院"建设，以"一廊""一屏""一微"清廉元素点缀办公环境，着力构建"理念文化引领人，环境文化熏陶人"的特色廉政文化建设体系。通过将党建发展、党风廉政建设举措嵌入走廊文化，将清廉湖南、廉政宣传片嵌入机关大屏，将廉洁寄语、廉政语录嵌入微信公众号等方式，全力营造以廉为荣、以贪为耻的浓厚工作氛围，在潜移默化中涵养干警纯粹的忠诚和纯洁的品格。

三是严格制度执行，全力打造清廉机关制度高地。坚持问题导向，充分发挥用制度管人管事管权、用制度解决现实问题的功能作用，出台《零陵区人民检察院司法办案廉政风险防控工作实施细则》，不断完善清廉机关示范点制度建设。围绕权力运行，从严落实民主集中制，细化"三重一大"议事范围及决策制度，科学规范领导决策；从严落实"三个规定"等重大事项报告制度，做到逢问必录，从源头上杜绝办人情案、关系案，确保检察权依法独立公正行使。围绕权力公开，落实《人民检察院案件信息公开工作规定》等制度，以"六公开"推动检务公开制度落地落实，确保权力在阳光下运行。

四是锤炼过硬队伍，全力打造清廉机关队伍高地。统筹抓好年轻干部"选育管用"，坚持"选"有原则，牢固树立正确选人用人导向，组织开展中层领导竞职和一般干部选岗工作，让敢干事、能干事、干实事的干警有机会、有舞台。坚持"育"有目标，以培育忠诚干净担当干警为导向，组织开展理想信念教育和廉洁从政教育，为干警上紧纪律弦、扣好廉洁扣。坚持"管"有方法，建立年轻干部成长档案和廉政档案，定期开展监督检查、"政治体检"、谈心谈话。扎实做好培育入党积极分子和发展党员工作，持续做好党费收缴、管理工作，织密年轻干警成长"防护网"。

五是抓实作风建设，全力打造清廉机关作风高地。以执行党的八项规定打开作风建设的切入口，通过岗位廉政风险排查、顽瘴痼疾专项整治等方式，不定期进行干警"廉政体检"，排查廉政风险点。同时借势借力，依托纪检、审计、财政、税务等部门资源，对公务接待、"公车私用、私车公养"、财务管理等进行检查，逐一查明原因、逐一落实整改。深化廉政教育，抓好内部监督与外部监督，推进新任职公务员岗前廉政谈话、谈心谈话和提醒谈话，引导干警端正态度、改进作风、优化服务，以高效办公的实际行动展现零陵检察院作风建设新成效。

六是强化服务意识，全力打造清廉机关服务高地。坚持"双赢多赢共赢"理念，找准服务切口，把握监督尺度，凝聚发展共识，不断提升融入大局、服务大局水平。着力建设内部优质服务窗口，探索打造一站式检察便民服务中心，以"六公开"和"两承诺"擦亮"法治窗口"，保障人民群众对检察工作的知情权、参与权、表达权和监督权。着力发挥检察监督职能、服务社会发展大局为切入点，通过联合公安机关打造"侦查监督与协作配合办公室"，设立"检察便民服务岗"等方式，以岗位前移带动监督窗口前移，助力全系统全行业清廉机关示范点建设。

清廉机关活动掠影

清廉机关崇廉尚廉

以文育检　争创一流

冷水江市检察院文化建设情况

近年来，冷水江市检察院坚持以习近平新时代中国特色社会主义思想为指导，紧紧围绕"高质效办好每一个案件"目标，坚持把检察文化建设作为推动检察工作、促进队伍建设的新动力，充分发挥检察文化的育人作用，有效提升了队伍整体素质和检察工作水平。先后获得"全国先进基层检察院""全国维护妇女儿童权益先进单位""全省政法系统文艺建设优秀单位""湖南省文明标兵单位""全省先进基层检察院""娄底市首批清廉机关样本"等荣誉。

以思想熏陶铸就理想信念，树立检察精神文化

加强政治理论学习。冷水江市检察院将文化建设与政治建设深度融合，将文化建设与培育特色品牌相结合，凸显检察文化培根铸魂功能，引导检察人员坚定理想信念，锤炼忠诚干净担当的政治品格。以党的二十大精神、习近平新时代中国特色社会主义思想为指引，通过中心组理论学习、干警大会、支部主题党日、部门会议等，运用好检答网、学习强国等线上学习平台，扎实开展政治理论学习，推进"学习型党组织""学习型检察院"建设，把坚定理想信念、强化宗旨意识、弘扬职业精神筑牢进每个检察干警的心中，体现在实际行动中。

打造冷检特色品牌。坚持以"厚德为公、崇法守正、笃学求是、拓新致远"十六字院训作为行动指南。积极推进"一院一品"建设，将"党建+"特色品牌建设与与创建"清廉机关"同谋划，以支部为中心，依托团委、青工委、工会等组织，成立"青年检察官先锋队""青年突击

队""学雷锋法治宣传队"，紧扣检察职能，积极开展综治平安宣传月、禁毒宣传日、国家宪法日等宣传活动。建立"益童"工作室暨未检专业办案平台，依托法治副校长制度，深入开展"送法进校园"活动。2023年，开展法治巡讲活动88场次，受众6万余人次。

抓案件质量形成严谨作风，提升专业素质文化

建立质量评查体系。每月各业务部门进行数据会商，深入分析影响案件质量的深层次原因，列出问题清单，商议整改措施，并对案件质量采取月中跟踪、月末通报、季度对比的定期追踪制度，进一步提升案件质量。开展岗位练兵。每月开展"检察之星"评比，持续开展业务培训和岗位练兵，如法律文书制作比拼、业务技能竞赛、优秀检察建议评选等，在全院营造一股"提升业务能力、比学习、争学习"之风。

以制度约束塑造良好形象，打造廉洁从检文化

加强廉政文化建设，坚持严管就是厚爱，严格执行"三个规定"，做好每月重大事项填报。加强典型案例警示教育，引导干警吸取教训、引以为戒，为干警打好廉洁自律"预防针"。注重把握干警思想动态分析，抓实廉政谈话制度，加强节前廉政教育、常态化廉政提醒、加大检务督察力度等措施，筑牢拒腐防变的思想防线。强化作风建设。该院强化检察职业道德教育和纪律作风建设，大力培养和弘扬"爱国、敬业、诚信、友善"的公民道德，"忠诚、公正、清廉、文明"的检察职业道德，组织干警开展红色教育、参观廉政教育基地，塑造新时期检察人员执法公正、品德高尚、兴趣健康的良好形象。

邵阳市双清区人民检察院

深信笃行　不负初心

近年来，双清区检察院坚持以习近平新时代中国特色社会主义思想为指导，紧紧围绕党委政府中心工作，讲政治、顾大局、谋发展、重自强、综合施策、精准发力，持续推动习近平法治思想的检察实践，用心用情书写司法为民的时代答卷。

高度重视扫黑除恶工作。按照"六清"要求，依法起诉邵阳市首例黑社会"保护伞"案件，一人获评全省扫黑除恶先进个人，一人获评邵阳市扫黑除恶专项斗争个人，记三等功。

依法处理涉众型经济犯罪。依法批准逮捕非法吸收公众存款、集资诈骗、传销等涉众型经济犯罪，注重追赃挽损。办理的永州纳诺老年公寓邵阳分公司非法吸收公众存款案，该公司以到期返利、消费打折和送旅游费为幌子，诱骗900余名老年人上当，该院主动提前介入，引导侦查取证，配合公安机关开展追赃挽损和社会矛盾化解工作，获得受害群众赠送锦旗。徐某锋等人非法吸收公众存款200余万元，该院依法惩治、追赃挽损100余万元。

践行司法为民理念。聚焦百姓急难愁盼，依法惩治

打造"紫薇花开"未成年人检察工作特色品牌。建立未成年被害人"一站式"询问救助中心、全市首家未成年人司法社会服务中心，与职能部门及社会组织深入协作，为未成年人构建多元立体防护救助机制。该品牌被评选为全省检察机关十佳文化品牌，品牌创立经验被推广至全市检察系统。

发挥民族团结最大能效。在全市检察机关中率先与西藏自治区山南市贡嘎县检察院开展结对共建活动，相关报道多次被国家级媒体转载。五年来，该院先后获评全国未成年人检察工作社会支持体系示范建设单位、全省法治工作先进集体、全省检察机关"利剑护蕾"专项行动先进集体等16项集体荣誉，11人次受到最高检及省、市表彰。

为锻造一支干净忠诚担当的检察铁军，双清区检察院着力推动清廉检察建设。一是强化学习教育。以党组领学树立优良导向，深入推进警示教育工作，开展清廉机关建设主题活动。二是完善制度建设。建立健全"一把手"权力清单；制订全面从严治党主体责任计划，压实管党治党政治责任；制定检察岗位廉政风险防控工作

未成年人司法社会服务中心揭牌成立

赴贡嘎县检察院结对交流

组织全体干警参观廉政教育基地

盗抢骗、黄赌毒、食药环等影响人民群众生命财产安全的犯罪，紧盯发挥刑事附带民事公益诉讼职能，依法追究涉生态环境违法犯罪行为人生态环境损害赔偿责任，督促恢复、治理被污染破坏的生态环境。切实抓好行政案件。通过监督纠正、公开听证、促成和解等方式实质性化解行政争议，办理的许某华身份证丢失后被冒名注册公司案被省检察院评为典型案例，办理的督促整治保健食品虚假宣传行政公益诉讼案入选全国检察机关公益诉讼"千案展示"典型案例。

指引，实现岗位精准防控。三是细化日常监督。作为纠治"四风"基层监测点，始终以反复抓、抓反复的韧劲严格执行中央八项规定精神和廉洁自律各项规定；四是发挥党建引领作用。积极创设"紫薇红＋"党建品牌，设立党员先锋示范岗、示范窗口，在全院营造赤心向党、廉洁为民的良好风气。

双清区检察院将坚持高度的政治自觉、法治自觉、检察自觉和行动自觉，深信笃行，不负初心，持续为建设中国特色社会主义法治体系凝聚检察智慧、贡献检察力量。

麻阳苗族自治县人民检察院

构筑锦江母亲河生态保护司法屏障

近年来，湖南省麻阳苗族自治县人民检察院主动扛起"守护好一江碧水"的法治责任，通过创新生态检察工作机制和举措，依法能动履职，不断加大对锦江河流域非法捕捞、非法采砂、河面污染、水质下降等问题的防治力度，为锦江母亲河提供了有力的司法保障。

多方联动，建立锦江河生态保护协作机制

整合内部资源。制定《关于开展锦江河流域生态检察工作的实施方案》，明确提出以司法办案为中心，以锦江河流域为重点，以综合防治为目标，向一切破坏锦江河渔业、矿产资源以及污染水环境的违法犯罪行为宣战。同时，成立由检察长任组长的生态检察工作领导小组，明确涉锦江河生态环境的刑事、民事、行政及公益诉讼

案件归口第二检察部统一办理，实行办案专班制度，进一步整合内部办案资源。加强外部协作。为有力破解"上下游不同行、左右岸不同步"的跨区域治理难题，该院携手锦江河上游的贵州省铜仁市碧江区、江口县三地检察院、法院联合制定《锦江河流域生态保护司法协作协议》，明确建立沟通联络、线索移送、联合调查、生态修复协同等工作机制，开启同心守护锦江母亲河的生态司法保护之路。自协议签订以来，上下游司法机关互通线索，密切配合，共同办理跨区域公益诉讼案件5件。

多措并举，加大对锦江河的生态保护力度

坚持山水林田湖草沙一体化保护理念，充分运用刑事、民事、行政、公益诉讼等四大检察职能，统筹水中岸上，推进系统治理。2023年以来，该院起诉环境污染、非法采矿、非法捕捞、滥伐林木等刑事案件9件12人，

被告人均被判处刑罚。针对行政机关履职不到位、怠于履职及违法行为，及时向行政机关发出诉前检察建议27份。采取"专业化监督＋恢复性司法＋社会化治理"公益保护模式，办理刑事附带民事公益诉讼案件8件，督促违法行为人增殖放流鱼苗60余万尾，修复被损害国有林地152亩、公益林地1040亩。此外，依托"河长＋检察长""林长＋检察长""田长＋检察长"工作机制，不断扩大监督成果。2023年，该院多次派干警沿锦江河岸开展巡河活动，排查环境污染行为，发现部分区域存在严重养殖粪便污染、生活污水外泄等问题。对此，该院积极采取公益诉讼手段，督促行政机关依法履职，铺设排污管道，取得良好办案效果。

多管齐下，优化锦江河生态保护的软环境

以专项行动为牵引，县检察院先后联合县农业农村局、生态环境局、水利局等多家单位，开展饮用水水源地保护、清理库区违建钓鱼平台、防治外来入侵物种等多次专项行动，构建了打击、保护、预防、修复、监督"五位一体"生态检察模式，实现了系统化、社会化治理。同时，利用"两微一端"、手机报等平台，定期向公众推送污染生态环境的典型案例以及生态环境资源小知识，在县城LED电子显示屏及公交车车载LED显示屏上滚动播放公益诉讼宣传片，选派年轻干警参加"保护母亲河"志愿服务队，增进群众对生态检察的了解，提升对保护锦江母亲河的思想认识。组织干警到林业、水利、环保等部门开展法治讲座，详细介绍生态检察职能，深刻阐

述行政不作为、乱作为对生态环境的严重危害性，增强其依法行政意识，共同守护好一江碧水、两岸青山。

怀化监狱

彰显政法担当 服务社会发展

怀化监狱组建于2005年，由湖南省原安江监狱、原怀化监狱合并而成，是具有深厚底蕴、光辉历史的省直机关文明（标兵）单位和功能完善、设施先进的智慧监狱，先后荣获省司法厅集体二等功、三等功各一次。2023年来，新的监狱党委班子坚持以习近平新时代中国特色社会主义思想为指引，贯彻落实习近平法治思想、习近平对政法工作的重要指示批示精神，以及省厅、局的工作部署，坚持"勇立潮头、争创一流"的怀监精神、"出手必出彩、完成并完美"的怀监标准，在推动监狱高质量发展的新征程上，跑出了"加速度"、冲出了"精气神"、拼出了"新气象"。2023年被评为全省监狱工作"红旗单位""优秀单位"，被省监狱管理局、怀化市评为综合治理"先进单位"，获评全省政法系统"文艺之星"单位，在全省监狱警察体技能比武中获二等奖（湘西片区第一名）。

建强组织、优化功能，队伍建设不断加强。 深入压实"两个责任"，推动全面从严治党向基层延伸，加强以政治建设为统领的党的各方面建设，以党建带队建、以队建促发展。持续深化党支部标准化建设，推进党务、业务深度融合。配强中层领导班子，年龄、学历、经历结构更加合理。四监区党支部被局党委表彰为"先进基层党组织"，八监区党支部被厅党组表彰为"省直司法行政系统示范党支部"。

大力实施人才强狱战略，突出实战实用实训狠抓业务大培训、岗位大练兵、技能大比武，开办"业务大讲堂"，组织培训30场3000余人次。开展"十佳警察""最美警嫂""弘扬'三牛'精神优秀警察"评选活动，掀起学先进、争先进的热潮，2023年，共10人获省局级以上表彰。

践行宗旨、守正创新，改造质量稳步提升。 综合运用教育、监管、劳动等"三大改造手段"，推动监狱从"关得住""不跑人"向"改造好""不再犯"提升。狠抓监管核心制度落实，持续深化罪犯日常行为规范养成，在全省罪犯队列验收中获二等奖。大力开展"利剑行动"，严厉打击罪犯违规和再犯罪。完善"六位一体"联合帮教机制，举办大型亲情帮教活动，深化助学、助困活动。建立健全监狱长、监区长接待日制度，以实际行动展现党和政府的关怀。打造"一监区一车间一品味一特色"改造文化，结合重大节日庆典开展丰富多彩的文艺活动。持续强化罪犯认罪、悔罪、规矩、服从等"四个意识"，培养生活、学习、劳动、文明等"四种习惯"。加强制度保障，完善制定规章制度17条，不断提升监狱法治化水平。

根植理念、一心为民，服务地方卓有成效。 贯彻以人民为中心的发展思想，让监狱发展成果更好地服务当地经济社会发展，以真诚换真心、以实干争实效，积极履行社会责任。助力乡村振兴，坚持组织共建、产业共兴、环境共治、民心共通，投入专项资金，用于困难帮扶和基础设施建设等。按照"授人以渔"的思路，协助建立"振兴车间"，并为

其培训人员、联系订单，约150个闲置劳动力实现了家门口就业。组织开展普法宣传进社区、"情系孤儿 爱暖童心"走访慰问、爱心献血等公益活动，职工熊胜家、张彪获得全国无偿献血奉献奖终身荣誉奖。

湖南省津市监狱

解放思想勇担当 励精图治护平安

湖南省津市监狱建于 1955 年 11 月，原名涔澹农场，是湖南省大型农场监狱之一，占地面积 33.2 平方公里，有防汛大堤 28.2 公里。建狱以来先后获得司法部抗洪抢险集体一等功、三等功，全国司法行政系统抗击新型冠状病毒肺炎疫情先进集体，湖南省民族团结先进集体等省部级荣誉，先后 7 次获评全省监狱绩效考核优秀单位，党建工作连续 7 年位列优秀等次，企业党建、暖警爱警经验被全省监狱推介。近年来，为加快我狱现代化文明监狱建设进程，我们坚持解放思想，围绕中国式现代化这个最大政治，以努力推进"监狱工作现代化"为牵引，树立"稳住全省第一方阵，打造系统示范和标杆，创全国一流"总体目标，制订"12345"近景发展规划，明确"五心五工程"为具体实施路径，深入开展"四年五化"规范建设，努力提升监狱工作"三个现代化"水平，打造形成了富有特色的亮点、看点、特点。

党建引领固根本，坚持党对监狱工作的绝对领导。 将主题教育贯穿监狱工作始终，坚持"学习三联动"，领导带头学、工作专班指导学、集体个人定时学，组织全体党员读原著、学原文、悟原理。围绕"以学铸魂、以学增智、以学正风、以学促干"，开展专题研论，深入践行"浦江经验""走找想促"，形成调研成果 16 个，系统解决了环保问题整改等长期制约我狱发展的瓶颈问题。创新党委理论学习中心组'12433'模式，深度推进党的理论与实际工作融合，持续推进"四强""五化"支部建设，统一规范 4 类业务簿卡，创建"党建示范窗口"2 个，"党员标兵岗"5 个。扎实开展"一月一课一片一实践"三题党日活动，深耕红色文化，按照"一

个支部一名宣讲骨干"的标准，培育"党建知识达人"，参加微党课比武等活动。坚持"党建领企、党建强企、党建兴企"，企业党建工作获得全省推介。牢牢把握"人是第一要素"关键，坚持以战强基、以练强警，将警察实战大练兵作为强兵赋能"第一课"，常态化开展应急处突、病犯紧急救治、监管核心制度务实"三个板块"实战化教学。坚持五湖四海，任人唯贤，领导队伍结构形成了 70、80、90 人才梯队，队伍活力迸发。

深耕监狱工作主业主责，提升监狱综合治理水平。 打造"四点一区"安全圈，做到"人防＋技防""科技＋智能"并重，完成武警"智慧磐石"项目建设、电子沙盘系统建设，建成全省首个"证据保全中心"，"智慧监狱"全时监管系统整体再上新台阶。常态开展监狱、公安、武警"三警"联合演练 16 次。强力推进警察直接管理制度落地，出台《改造业务实操手册》《改造线综合业务制度汇编》等规范性

制度，"预见、应对、处置、总结、提升"闭环管控机制更加成熟。突出监狱教育改造罪犯功能发挥，坚持传统文化与"摆渡文化"融合，延伸育心、育德、育人触角，开展罪犯心理普查 2 次、心理健康讲座 11 期。创新教学理念，拓展教学平台，实行线上线下"双线教学"，监管秩序持续向好发展。

坚持以人为本促发展，努力打造幸福美丽新涔澹。 围绕"美丽涔澹"建设目标，积极落实暖警惠警政策，积极打造党员温馨之家。坚持为民办实事，举办警娃暑期托管班，解决警察家庭"择校难""管娃难"问题。提升队伍职业荣誉感，举办警察职工荣誉仪式，拉满荣退入警"仪式感"。精心打造"回忆录"，制作《我们这三年》等感人的纪录片，激励"涔澹人"情感共鸣，激发了队伍向心力、执行力、战斗力。全系统首个"周转用房"完成主体工程建设，蔡家河精致街区建设挂牌启动。不断丰富警察职工文娱生活，创建"12＋N"文体协会，贯彻落实以人民为中心的发展思想，做好扶贫帮困、乡村振兴工作，先后 7 次被评为扶贫工作先进单位、乡村振兴先进后盾单位。

湖南省岳阳市中级人民法院

文化铸魂　打造精神家园

院史陈列馆

"三馆一廊"被评为岳阳市"十佳学习载体"，近三年来共有200余家单位4000余人次来院交流文化建设经验。

院史陈列馆分为前言、历史沿革、机构沿革、红色记忆、审判工作、基础建设与历史着装、文化长河、领导关怀、队伍建设、先进集体、历任院领导、工作特色、荣誉集锦、员额法官风采、文化建设、合作交流、廉政教育警示、铁窗及警钟警示、光荣榜、

文化是根，根深则叶茂；文化是魂，魂立则业兴。近年来，湖南省岳阳市中级人民法院始终坚持向内挖潜，着力建设集党建、廉政、法治和实干为一体的法院文化，努力打造具有岳阳特色的法院文化名片，推进法院工作高质量发展。以"三馆一廊"（院史陈列馆、图书馆、干警才艺展示馆、文化艺术长廊）为载体，营造浓厚的文化气息，让干警们从历史的厚重中找准定位、从文化的积淀中获取力量、从精神的传承中坚定初心、从荣誉的鼓励中接续奋斗；让法院文化渗入审判执行工作，成为凝聚法院力量、培育司法精神、创新司法理念的强大动力，为法院工作高质量发展迸发源动力。中院先后获评"全国文明单位""全国优秀法院""全国法院文化建设示范单位""全国法院党建工作先进集体""全国法治宣传教育先进集体"等荣誉。

后记等板块，汇聚了岳阳法院发展历程中的重大案事件和人物，呈现了几十年来岳阳中院人的"先忧后乐""上下求索"精神。

干警才艺展示馆陈列摄影、书法、绘画、刺绣、书籍、诗歌等干警作品，为干警提供才艺展示的空间和机会，把广大干警引领到健康向上的文化活动中。

图书馆目前藏书近万册，在这里，一杯清茶、小碗咖啡，修身怡情养性。干警可以从烦琐案件中抽身，得与万卷诗书为友，细思留一根脊骨做人。同时，这里也为干警们提供了文化沙龙的场地。

文化长廊长约200米，悬挂了多幅法律格言、励志语录和院内设机构的工作理念，南面上的浮雕记载了古今法治代表人物，如皋陶、包拯、董必武、谢觉哉、马锡五等。

文化艺术长廊

图书馆

干警才艺展示馆

凤凰县人民检察院

厚植生态保护底色——以公益诉讼之笔写意最美凤凰

近年来，凤凰县人民检察院坚持以习近平生态文明思想为指引，以公益诉讼助力生态美为关键抓手，助推一大批生态环境和自然资源保护领域公益诉讼案件顺利办结，各类生态保护机制相继落地，生动践行了"绿水青山就是金山银山"的理念，不断擦亮凤凰县绿色生态底色。

延长公益诉讼触角，拧紧耕地"安全阀"。 以"我管"促"都管"，以耕地数量、质量、生态"三位一体"保护为目标，针对非法占用耕地现状、耕地受破坏程度、行政机关履职情况等积极沟通、共同研判。自 2021 年以来，凤凰县检察院以公益诉讼"重器"，立案审查耕地保护领域公益诉讼案件 30 件，发出诉前检察建议书 30 份，回复率、采纳率均为 100%，推动全县复垦复种抛荒耕地 1.5 万余亩，取消发放地力补贴 150 余万元，督促恢复被毁坏的农用地 26.1 亩，推动形成保护更加有力、执行更加顺畅、管理更加有效的耕地保护新格局。该案例入选最高检 2022 年督促整治耕地抛荒行政公益诉讼典型案例。

健全林业生态修复机制，助推受损山林"颜值"回升。 积极与县林业局、县司法局、县公安局、县法院等单位对接，共同会签《关于对破坏林业生态环境案件开展生态修复工作的实施办法》，通过积极运用异地补种、

缴纳生态修复赔偿金等方式，建立检察公益诉讼生态修复协作长效机制。针对森林失火、盗伐滥伐林木等涉林案件"行为人被判入狱，但荒山依旧"问题，积极践行恢复性司法理念，在审查逮捕起诉时，责令犯罪嫌疑人、被告人，在捕前、诉前、判前补植相应面积林木，使荒山复绿。

传递检察温度，引导"生态违法者"转变为"生态修复者"。 凤凰县人民检察院坚持"办理一个案件，恢复一片青山"，确保补植复绿不打"白条"。2023 年 3 月，在办理支持湖南省生态保护志愿服务联合会对黄××失火破坏林业资源提起民事公益诉讼案过程中，因顾及黄××年老体弱，组织协调湘西州中级法院、县林业局及沱江镇政府等多个部门志愿者帮助其植树 2000 余棵。该案件为全州首起支持生态环境保护组织提起的民事公益诉讼案件，凤凰县人民检察院倾注满满"人文关怀"，达到"三个效果"的有机统一，由县、州、省新闻频道专题播报。

绿水透迤去，青山相向开。从清清沱江水、巍巍南华山到传统古朴的苗寨村落，凤凰处处绿水青山，步步如诗如画。凤凰县人民检察院将一如既往擦亮绿色底色，让未来天更蓝、山更绿、水更清。

以文化促文明 以文明促发展

大祥法院深化"文化建院"工作纪实

近年来，邵阳市大祥区人民法院紧紧围绕"努力让人民群众在每一个司法案件中感受到公平正义"的目标，认真践行社会主义核心价值观，以打造文化名片为抓手，充分发挥法院文化的教育、引导、凝聚作用，推动文明创建与审判执行工作相融相促。2021年该院蝉联省文明标兵单位称号，2022年被评定为"全省法院诉讼服务示范窗口"单位及"全市执法办案先进单位"，2023年获评"全省政法系统文艺之星"单位及全省法院案例工作先进单位。

厚植党建文化 引领精神文明向上

立足政治机关定位，坚持以党的建设引领文明创建。充分运用邵阳红色文化资源，组织干警走进宛旦平故居、塘田战时讲学院旧址、813军旅小镇、蔡锷故居等地，深入践行红色教育。在一线办案部门设立"党员突击队""党员先锋岗"，坚持以党建带队建促审判。该院获评2023年全市法院"党建工作先进单位"，执行局先后获评全市"青年文明号"及"邵阳青年五四奖章"。

弘扬学习文化 营造创优文明氛围

积极开展"全民阅读·书香法院"创建活动，成立全院读书小组，将全民阅读活动与理论中心组学习、"三会一课"、主题党日等活动统筹开展。树牢以业绩论英雄的风向标，部署开展审判技能竞赛活动，推选业务精湛、绩效突出的干警为办案能手。着力

营造争先创优的浓厚学习氛围，积极组织参加优秀庭审、裁判文书、案例分析等评选活动，在比学赶超上出成效。2023年，3名干警撰写案例、论文分别在最高院、省高院获奖。开展党的二十大精神专题读书分享会，全院青年干警结合工作职责谈心得、话担当。

彰显诉讼文化 传播法治文明之光

以诉讼文化为依托，抓牢主责主业，彰显人文关怀，切实提升人民群众的司法获得感。广泛运用"互联网＋"技术，推行"一站式"诉讼服务，推出10项便民举措，让"数据多跑路，群众少跑腿"。持续助力平安大祥建设，高标准常态化开展扫黑除恶，严厉打击毒品犯罪，持续推进"利剑护蕾"和反电诈行动，努力守护人民群众的幸福安宁。不断擦亮营商环境法治底色，开通涉企案件绿色通道，深入开展"送法进企"等活动，护航民营经济高质量发展。

涵养廉政文化 助推清廉文明建设

在大厅、走廊、楼梯等公共区域张贴以廉政警句和法律名言为内容的宣传牌匾，让干警在平时工作中潜移默化的接受法治文化教育。充分运用院史馆、荣誉室及党建室等文化展示点，强化文化传播阵地建设。定期开展党建和廉政主题知识竞赛，引导干警以赛促学，着力锻造忠诚干净担当的法院铁军。

赤山监狱

奋力开创工作高质量发展新局面

　　湖南省赤山监狱原名湖南省第一监狱，是一座中等规模、中度戒备等级的重型犯监狱。近几年来，监狱党委在厅党组、局党委坚强领导下，坚持强化政治引领，坚守安全底线，践行改造宗旨，深化改革创新，实现了监狱持续安全稳定高质量发展。2016年—2023年连续8年被评为绩效考核优秀单位，先后被授牌"省直机关文明标兵单位""湖南省园林式单位""湖南省节约型公共机构示范单位""湖南省模范职工之家"等等。2021年，被中宣部、司法部、全国普法办评为"2016—2020年全国依法治理创建活动先进单位"。2023年，被省普法办确定为"第三批湖南省法治宣传教育基地"。

坚持固本培元，持续涵养政治生态

　　坚持党对监狱工作的绝对领导，扎实开展学习贯彻近平新时代中国特色社会主义思想主题教育，坚持理论学习打头、调查研究开路、动真碰硬整改，推动主题教育取得实实在在成效。聚焦党的建设，聚力推动支部阵地建设规范化，新建9个、升级6个支部党员活动室，高标准承办全省监狱系统党建工作提质增效暨党支部标准化建设推进会，为全省监狱党支部标准化建设提供了样板经验。广泛开展"一月一课一片一实践"活动，不断探索"党建＋

助力乡村振兴"，监狱助力乡村振兴事迹被《湖南日报》、人民网等多家媒体报道。坚持对标习近平总书记提出的"五个过硬"标准，持续开展队伍纪律作风专项整治，推进实战大练兵，全方位为队伍"强筋壮骨"；落实落细暖警爱警措施，常态化开展帮扶、家访，举办健康知识专题讲座、心理辅导，开展健步走、青年联谊会、羽毛球赛等系列文体活动，进一步提升队伍凝聚力。

坚守主责主业，提升罪犯改造实效

　　认真贯彻落实宽严相济刑事司法政策，鼓励支持押犯单位呈报假释，加强与检察机关、法院以及社区矫正机构沟通交流，不断推进规范公正文明执法。坚持将信息技术与核心业务相融合，建立电子提票、智慧人脸识别点名等系统，有序推进AB门安防、人员出入控制联动等信息化

系统建设，切实以一流管理、一流设施维护安全稳定。牢牢把握改造罪犯中心任务，建立罪犯教育智慧平台，自创《赤山视点》电教节目，一体化开展"出监教育＋职业技能（创业）培训＋回归就业指导"，发挥教育改造攻心治本作用。实施罪犯内务管理星级评定制度，推进罪犯食堂标准化建设，加强罪犯健康管理，开设特色营养餐，在降低监管安全风险的同时有效保障罪犯合法权益。

强化统筹协调，增强综合保障能力

　　抓实企业党建，实施文化兴企，打造沅澧文化园等特色党建阵地，沅澧公司先后被评为"高新技术企业""安全生产标准化二级企业"。坚持以人民为中心的发展思想，大力整治办公、人居环境，不断改进职工食堂管理，完成环湖亲水步道建设、光伏停车场建设、综合球馆修缮等民生实事工程，把惠民生、暖民心、顺民意的工作做到群众心坎上。聚焦"安全、优质、高效、可控"目标，大力推进扩建工程二期项目建设，2023年4月，全省监狱系统重点项目建设推进会在监狱召开，监狱项目建设经验被全省监狱推介。

　　时代设问，使命催征。赤山监狱将坚持党对监狱工作的绝对领导，以努力推进"监狱工作现代化"为牵引，匡正干的导向，增强干的动力，形成干的合力，扎实有力推动各项工作走在全省监狱前列，牢牢站稳全省监狱"第一方阵"。

湖南省张家界监狱

凝心铸魂强根基　实干担当促发展

湖南省张家界监狱前身是湘西自治州劳改支队第7劳改大队，1988年建市后，更名为大庸市劳改支队（副处级），1995年更名湖南省永定监狱，2002年更名为湖南省张家界监狱，2023年9月机构人员编制收归省级直管。近年来，湖南省张家界监狱紧紧围绕"讲政治、守规矩、转观念、带队伍、保安全、谋发展"主线，坚决做到勇于面对找差距，善于谋划破僵局，勤于学习强本领，敢于担当求突破，连续十五年实现监管安全持续稳定，用实际行动和工作实效坚定全面推进监狱向现代化发展轨道。

党建领航聚力，凝心铸魂强基。 张家界监狱始终坚持政治建设为统领，深入开展党的二十大精神大学习、大讨论、大培训，开展"以学铸魂、以学增智、以学正风、以学促干"等内容专题学习讨论，抓实学习贯彻习近平新时代中国特色社会主义思想主题教育，切实加强党的创新理论武装，党员民警政治判断力、政治领悟力、政治执行力不断增强。强化班子建设夯实基层基础，优化基层支部设置，将支部设在科室，让党建与业务深度融合。严肃党内政治生活，严格落实"第一议题""三重一大"制度和民主集中制，抓实抓牢意识形态工作，建立党建工作责任清单。坚持以上率下、以点带面，积极推进"四看四比四提升"和深化"一月一课一片一实践"主题活动，强化创先争优，充分发挥先锋模范作用。

深耕主责主业，坚守安全底线。 紧扣"五安全一稳定"，组织开展监管安全隐患排查整治专项行动，实行周界安防设施分级评定、分类管理，织密安全"防护网"。构建狱情摸排体系，加强顽危犯、老病残犯管理，用好视频巡查、

警务督察、现场检查等手段，落实包联责任制和四个重点环节管控，推动"无违监狱"创建。深化狱地维稳三警联动，不断提升监狱应急处突能力，构建安全防范"一盘棋"大格局。着眼于推进全面依法治监，加强减刑、假释案件实质化审理，深化狱务公开，提高案件办理质量，不断提高执法公信力。在平安建设、扫黑除恶、禁毒等方面久久为功，在信访维稳、保密、网络信息安全管理和舆情防控等方面精准施策，圆满完成"忠诚保平安护航二十大"等维稳安保任务，为维护社会稳定和公共安全做出了积极贡献。

加强队伍建设，锻造监狱铁军。 始终把高素质民警队伍作为高质量发展核心资源和根本力量，秉持"管好队伍、搭好平台、用好激励、树好典型、选好干部"的"五好理念"，为高质量发展注入动力活力。开展"深化监狱管理和队伍建设大整顿""执法大培训、岗位大练兵、技能大比武"等活动，紧盯廉政风险，严格正风肃纪，确保队伍绝对忠诚、绝对纯洁、绝对可靠。在加强履职能力建设上精准发力，确保全狱"人人参加练兵、人人得到提高"。建立激励机制全面激发干事创业积极性，坚持"正向激励＋反向倒逼"激发队伍活动，切实树立"能者上、庸者下、劣者汰"的用人导向，通过"树典型、立标杆、带整体"，在全狱不断掀起模范引领和比学赶超热潮。

长沙嘀嘀酒店

　　长沙嘀嘀大厦原名为三九楚云大酒店。经过两年多的破产重整，已成为火车站周围最干净、最漂亮、最有品质的项目。该项目位于长沙火车站范围，集高铁、普铁、地铁、城轨、动车、长短途客运、公交、出租车等多位一体，业态齐全，有嘀嘀大酒店、楚云民宿、写字楼、电竞、餐饮、小吃、便利店、医美等。交通配套地铁2号线3号线无缝对接，距地铁6号线、7号线400米；与长沙火车站售票处相距仅30米。酒店配备长沙市最智能、最漂亮的立体停车库，有车位200个。商务写字楼专业配套：嘀嘀大酒店、四星级酒店接待服务，5台高速电梯直达办公楼层。专设会议室、茶吧、自助餐，功能齐全，尊享国际化服务品质。

2024年1月6日，纪念毛主席诞辰130周年湖南政法系统"芙蓉嘀嘀杯诗词大奖赛"，省高级人民法院原院长康为民、省委政法委原副书记彭对喜出席活动。

2023 年 7 月 15 日，湖南省政法系统书画诗词研究会
给嘀嘀酒店授牌——"创作研学基地"

2024 年 1 月 12 日，湖南省政法系统 2023 年度基层文艺建设工作座谈会
在嘀嘀酒店召开

2023 年 3 月 4 日，长沙中院给嘀嘀酒店授牌——
"长沙法官文联工作站"

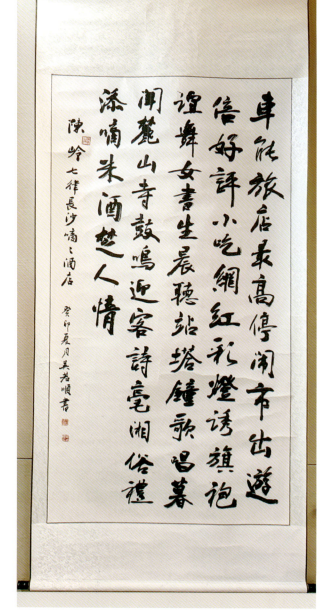

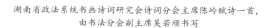

2023 年 6 月 28 日，芙蓉区法院院企交流座谈会

湖南省政法系统书画诗词研究会诗词分会主席陈岭赋诗一首，
由书法分会副主席吴若顺书写